戦争語彙集

СЛОВНИК ВІЙНИ

戦争語彙集

オスタップ・スリヴィンスキー 作
ロバート キャンベル 訳著
Остап Сливинський
Robert Campbell

岩波書店

Словник війни

Автор : Остап Сливинський
Ілюстраторка : Катерина Гордієнко

This Japanese edition published 2023
by Iwanami Shoten, Publishers, Tokyo
by arrangement with Vivat Publishing Ltd., Kharkiv.

「戦争語彙集」のうちの「生」，書き下ろしによる「戦争のなかの言葉への旅」および「旅立ちの前に」「環《たまき》のまわるが如く」は，日本語版オリジナル．

旅立ちの前に

ロバート キャンベル

戦争の言葉、と聞いてあなたはどんな語彙を想像しますか？

太平洋戦争を日本で経験した人であれば、砲撃で炎と化した島々の名前でしょうか。都会に住んでいた人ならば、真っ先に「配給」と「疎開」が思い浮かぶかと予想されます。あるいは、密集した街区の上に火の雨を降らした「焼夷弾」や「空襲」へと、連想の流れは変わっていくのかもしれません。当時の若者ならば「予科練」「学徒動員」「学徒出陣」などの言葉に耳をそばだて、女性であれば目線を自分の指先に落として「千人針」や「慰問袋」などの一言を返す人もいたに違いないのです（戦争投書アーカイブ「戦争用語集」『読売新聞』）。

武力と向き合うことを知らない私たち、また前後の世代は、「抑止力」「第九条」「防衛費」のような語彙を思い浮かべるでしょうか。ベトナム戦争中にアメリカで物心ついたわたくしは、戦争の言葉は、と聞かれると「徴兵《ドラフト》」と「若い兵士」、敵味方を問わず「失われた命」が、どうしても脳裏をよぎります。戦争への思いは場所と境遇によって千差万別です。けれども、一つのイメージに集約しにくいその実態に形を与え、共通の理解へと近づかせ、当事者同士が認識を分かち合う上でも、言葉は不可欠です。逆に、戦争を想起させる言葉を抜きにしては、平和が何かを思考することすら難しい。日本語には「明暗」や「苦楽」といった、一見して対極にある概念を一語にした語彙があります。違い合っているけれど、実は片方なしではもう一方の意味を捉えられないもの同士なのです。戦争が語られる場のなかにこそ、平和への希求、その理解のための糸口が見出せるのも当然と言えるかもしれません。

二〇二二年二月下旬、ロシア軍による全面侵略が始まると、六〇〇〇万人とも言われる人々がヨーロッパ各地に向けて逃れ、また同様に、住む場所を失った約八〇〇万人が国内各地、とくに西部へと緊急避難しました。第二次大戦以来、戦争による最大規模の人口移動が、わずか一カ月あまりの間に起きたのでした。

わたくしは、先ごろ、自分が長く暮らし、研究者としても携わってきた日本語の世界を離れ、戦火にまみれたウクライナに渡航しました。きっかけは、ある本との出会いでした。

ウクライナでごく普通に生きていた人々は、ある日突然、平和な暮らしから切り離され、一方的な暴力に晒《さ》らされることになりました。その暗くて苦しい日々の中で、人々はたくさんの言葉を発していたのです。戦争の脅威を体験した一人ひとりのストーリーを凝縮させた「語彙」が、その一冊の本にまとめられました。まとめたのはウクライナ人で、オスタップ・スリヴィンスキーさんという詩人です。オスタップさんは、爆撃が頻発する地域から逃れるために多くの避難者が通過する、西部の都市リヴィウに住んでいることから、ボランティア活動のかたわら、避難のための列車からひとまずは安心できる地上に降り立った人々のありのままの声に耳を傾けました。可能な限りの独白を聞き取り、その場で記憶して、自宅に戻るなり一話一話を書き上げ、文芸ドキュメントとして積み上げていったのです。

ウクライナ語で書かれて、わたくしが訳すことになった、その本のタイトルは『戦争語彙集』。一部を英訳していたネットジャーナルの記事が一年ほど前に偶然目にとまり、静謐な内にも力強く、文字通り喜怒哀楽に満ちた言語空間に衝撃を受けました。日本語の読者にもぜひ届けたい、という思いに駆られて、まずはタラス・マルコーヴィチさんという英訳者に連絡を取り、仲立ちを経て、オスタップさん本人と数回、リモート会議で対話を重ねることができたのです。日本語訳の許諾をいただいたメールには、ウクライナ語でも未発表だった約三倍にもなる数の「語彙」と、その英訳草稿を収めたファイルが添付してありました。一読して、ただならぬ洞察と憤り、そして人間誰しもが根底に抱える命への畏怖を感じました。自分自身のためにも一字一句を読解して、重訳ではあるけれども、その行為を通じて、一瞬でも話者たちの傍《そば》に立ちたいという思いがこみ上げました。

わたくしは、英訳を頼りにしつつ、またウクライナの文学と歴史の専門家である原田義也さんから多くの教示を頂きながら、翻訳原稿の執筆を進めていきました。オスタップさんとの対話が深まるにつれて、二二年春のリヴィウを見舞った激変ぶりとその前後の様子がどうであったのか、さらに詳しく知りたくなりました。オスタップさんとその仲間、声を寄せた避難者たち、彼らが経験したことの一端を直接に聞いて、避難に伴った想像を超える不安と、その緩和にいくらか貢献したという言葉について、直に調べて記録したくなったのです。

翻訳する以上は、緊迫したケアの現場でつぶやかれた証言という小さな言葉の喚起力を自分でも追体験したいと考えました。他言語への移行にあたって、その体験が影響を及ぼすことは間違いないからです。『語彙集』の背景と文脈をたどり、知り得たことを読者に還元できるならばと思い立ち、二三年の六月上旬から二週間余りの取材の旅に出かけたのでした。

この本では、証言の中で語られるモノやコトを「語彙」として引きだし、タイトルとしています。その「語彙」をウクライナ語のアルファベット順に並べることで、読者には独特の言説形態を提示しています。辞書には、人為的な音韻並列以外には秩序というものはなく、第三者が考察や解釈を加える余地を与えません。古今東西のどの辞書もそうであるように、オープンエンドでもあり、時代ごとに言葉を加えることができるという特異な性質もあって、きわめて包摂的に仕上がっています。起承転結はなく、項目間の優劣や軽重などもないから、多声によるもっとも平らかな形式《フォルム》の一つであると言ってもよい。

「語彙」には難しい言葉が入っていません。むしろありふれた言葉ばかりで、その佇まいの向こうには、命を賭けた一人ひとりの尊厳が透けてみえるようにも感じます。武器にもなり、身を守るものでもあり、シェルターとしても働きかける言葉の一つひとつから、困難な状況を理解したい。当事者ではない私たちに杭のような深い共感を打ち込むこれらの「語彙」は、小さくても、断片的であっても、攻防と地政学を説く今日の報道の「大きな言葉」とは異なる景色を見せ、つねにそれぞれの居場所を求め続けてゆくものと思われるのです。

あなたが手に取ったこの本が、ご自分にとって大切な言葉を一つでも思い出す、あるいは発見できるきっかけになれば大変嬉しいです。

目次

旅立ちの前に　ロバート キャンベル　v

戦争語彙集　オスタップ・スリヴィンスキー 作　ロバート キャンベル 訳　1

序　2
バス　5
スモモの木　7
おばあちゃん　9
痛み　10
稲妻　11
妊娠　13
バスタブ　14
熊　16
結婚式　18／19
通り　20

目次

キノコ　21
雷　22
呼出音　23
「遠い」と「近い」　25
我が家　26
シャワー　27
住宅　28
生　29
土　31
星　32／33
歯　34
身の上話　35
食べもの　36／37／38
ココア　40
カレンダー　42
カナリア　43
アヒルの子　44
入場券　46
部屋　47
猫　48
鍵　50
色彩　52
お馬さん　53
恋愛　55
きれいなもの　57
チョーク　59

血　61
銃弾　63
ランプ　64
手紙　66
愛　68
マドレーヌ　70
焼き網　71
都会　72
お祈り　73
空　75
ニュース　76
脚　78
ナンバープレート　79

洞窟　80
地下室　81
プラハ　82
お別れ　83
ラジオ　84
悦び　86
魚　88
自由　90
倉庫　91
ゴミ　93
夢　94
スイーツ　95
太陽　97

歌　98
記事　99
立て看板　101
禁句　102
戦車　103
動物　105
テトリス　106
沈黙　107
身体　108
パン生地　109
ケーキ　110
遺体　111
しっぽ　112
数　113
林檎　114

戦争のなかの言葉への旅――ロバート キャンベル　117

一　列車から、プラットフォームに降り立つ――行き交う人々と言葉　119
二　人形劇場の舞台袖で、身をすくめる――言葉の意味が変わるとき　152

三　階段教室で、文学をめぐる話を聞く――断片としての言葉　169
四　ブチャの団地で、屋上から見えたもの――引き裂かれたランドスケープ　195
五　シェルターのなか、日々をおくる――とどまる空間で、結び合う人々　218
六　あかるい部屋で、壁に立てかけられた絵を見る――破壊と花作り　242
環《たまき》のまわるが如く　ロバート キャンベル　265
「戦争語彙集」原書謝辞

目　次

ロシア
チェルニヒウ
ビロピーリャ
コノトープ
スーミ
ブチャ
ヴィシュホロド
キーウ
イルピン
オフティルカ
ハルキウ
ウクライナ
クラマトルスク
セヴェロドネツク
コスチャンティニウカ
ドニプロ
マキーウカ
ドネツク
ザポリージャ
ニコポリ
エネルホダル
ミコライウ
マリウポリ
メリトポリ
ヘルソン
オデーサ
アゾフ海
黒 海
クリミア半島
鉄道
主要な道路

ベラルーシ
ワルシャワ
ポーランド
ドロフスク
リヴネ
ジトミル
クラクフ
リヴィウ
フメリニツキー
ヴィンニツヤ
スロバキア
イワノフランキウスク
チェルニウツィ
ハンガリー
モルドバ
キシナウ
ルーマニア
ブカレスト

- 本書収録の「戦争語彙集」は，2023年5月にウクライナで刊行された Словник війни を底本としている．刊行に先立ち，オスタップ・スリヴィンスキー氏を中心としたプロジェクトはインターネット上に原稿を公開していた．その原稿をタラス・マルコーヴィチ氏が英語訳したものから，ロバート キャンベルが日本語に訳した．日本語版の出版に際しては，ウクライナ公刊版をもとにスリヴィンスキー氏と相談を重ね，一部の語り手とは直接に交流し補足の説明を得た．また，ウクライナ語との照合において原田義也氏にご協力いただいた．
- 「戦争語彙集」のうち「生」は公刊版には収録されていないが，スリヴィンスキー氏の意向のもと日本語版に翻訳を収めた．
- 「戦争語彙集」に登場する人物は，基本的に「姓」ではなく「名(ファーストネーム)」で称されている．「在住」とある地名は，避難者の場合は避難する前の居住地を示し，人物によっては，その後の滞在先の地名も紹介されている．
- 「戦争語彙集」本文の＊を付した語は，116頁に訳注を掲げた．
- 「戦争のなかの言葉への旅」および「旅立ちの前に」「環《たまき》のまわるが如く」は，ロバート キャンベルが2023年6月のウクライナ訪問を踏まえて書き下ろした．

戦争語彙集

オスタップ・スリヴィンスキー 作
ロバート キャンベル 訳

序

一九四三年。ナチス占領下のワルシャワに住むポーランドの詩人チェスワフ・ミウォシュは、『世界——純朴な詩篇』と題する抒情詩の連作を書き上げました。収められた詩のほとんどは、何らかのありふれた言葉——たとえば「不安」「愛」「希望」「門扉」「ポーチ」「道」などのような——を独自に解釈したものです。戦争は、当事者の人生を激しく様変わりさせるのみならず、新たな説明が必要なほど言葉の意味をも変えてしまうのです。語彙によっては意味が鈍り、砥石で刃物を研ぎ出すように磨かなければなりません。逆に触れただけで怪我をするほど意味が尖ってしまうこともあります。死に絶え、枯れ葉のごとく落ちて無くなる言葉もあるし、忘れかけた過去から浮かび上がって新たに意味を獲得し、重要性を増す言葉もあります。

二〇二二年二月。ウクライナに対するロシアの全面侵攻が始まると、わたしも戦争の語彙集を作ることを試みました。しかしここにあるのは、わたし自身の書いた詩でもなければテキストでもありません。わたしを含めた第三者の想像力によって作り上げられた内容は一つもないのです。この語彙集にあるすべての「項目」は、実際に経験され、ふり返られ、感じられた事実に基づくものです。それは、戦争の日々の中で聴き取られた、人々の独白の断片です。

戦争が始まって数週間から数カ月の間に東から西へと強制避難した数十万人が通過したリヴィウ中央駅でも、一時避難所でも、はたまた路上やコーヒースタンドの傍《そば》でも、人々は語っていました。自分から語り出す場合もあれば、こちらからそっと話題に触れたり、簡単な質問を向けたりしなければならない場合もありましたが、ひとたび堰を切ったように滔々と語り出すと、それを止めるのは困難でした。

『戦争語彙集』に集う声の持ち主は、家を追われ、未知なる世界へ踏み出さざるを得なかった人々であり、ボランティアや医師、軍人、社会活動家やアーティストなど実にさまざまですが、それぞれの人生において戦争に見舞われた彼らは、共通の経験と一つの衝動によって結ばれた人々なのです。

項目によっては、長い話から切り出した断片が独立したものとして意味を持つよう、軽く手を入れた場合もあります。ロシア語から訳された項目もあります。

証言の多くを書き留めたのはわたしではなく、この戦争の同じ参加者であり目撃者でもあるわたしの共作者たちです。それは彼ら自身の経験が反映した物語でもあり、他者から聴き取られた物語でもあります。『戦争語彙集』は、このように、言葉をめぐる物語がいくつもの流れをなしながら、一本の川として出来上がったものです。

A

АВТОБУС

バス

ドミトロ　キーウ在住

「逃げろ！　い・そ・げー!!!」。見上げると兵士たちが手を振りながらわたしたちに叫んでいました。すぐ横にある二棟の住宅が燃え、わたしたちの検問所までわずかな距離だけれど、砲弾がいつ飛んで来てもおかしくない状況は火を見るより明らか。でも、わたしは走ることができません。というのも、まったく自分の足で立っていることができず「もう歩けやしないよ！」と叫ぶおばあちゃんがくっついているからです。それでも、わたしたちは歩きました。自分たちなりに、這いつくばったり、しゃがみ込んだりしながら。どっちみち他の人たちには遅れを取って、置いていかれていましたけれど。

一台のミニバスが近寄ってこなければ、橋の袂《たもと》から離れることすらたぶんできなかったでしょう。ドアが開くと中には、車イスの女性をふくめ、わたしたちの前に運ばれてきた何人かの人が乗っていました。隙間がほとんどないから、おばあちゃんをよっこらしょと乗せてドアを閉め、一目散に検問所の方に走っていきました。

妹も、知らない数人の人も、一緒に走っていました。検問所が見えたところで、軍服を着た二人の若い女性が手を振ってくれていました。五〇メートル、四五メートル、四〇メートル。三〇、二〇、一〇メートル。この道のり、わたしの人生で最長のクロスカントリーは、永遠に終わらないのではないかと思われましたが、やっと女性たちの前を通り抜け、林の中の道へと向きを変え、その勢いでさらに五〇メートルくらい走ります。

キーウにたどり着きました。わたしたちの家に。

キーウのふつうの路線バスがわたしたちを迎えに来てくれます。青と黄色に塗られた、救いのバスが。

スモモの木

ヴィーカ　マリウポリ在住

男たちが木を切り始めたとき、つまり地下室にあった古い家具やら箱類、箪笥などを手当たり次第に燃やしてしまってから、すでに一〇日目あたりだったでしょうか。八〇歳くらいの近所のおばあちゃんが大声で怒鳴りながら飛び出してきました。スモモの木は伐《き》らせんぞ、とわめいています。

その木は実を付けたことがなく、スモモの木だとは誰も知りませんでしたし、いかにもひょろひょろした木でしたので、伐ろうとする者はそもそもいなかったのです。それでもおばあちゃんは、守る、と言って夜ふけまで木の下に立ち尽くしていました。

それはまだわたしが自宅で寝泊まりしていた時期でした。夜間は冷え込みましたが、どこかに暖まりに行く気は起こりませんでした。そして朝、夜明けと

АЛИЧА

ともに眼を覚まして窓から覗いてみると、彼女はまだ木のそばにいましたが、すでに地面に横たわっていました。様子を見に誰かが建物から出てきます。おばあちゃんがどうなったのか、その後誰にも尋ねませんでした。聞きたくなかったんです。ただただ、心が折れそうなことって、ありますよね。

БАБУСІ

おばあちゃん

ユーリー　ハルキウ在住

向かい側の建物だった二人のおばあちゃんのアパートは破壊されましたけれど、他人《ひと》のところには行きたくないと言って、他所《よそ》に移ることを渋っていました。そんなわけで、おばあちゃんたちは日がな一日玄関前のベンチに座っていました。で、そこで、破片に当たって死んでしまいました。砲弾が降り注ぐ合間を縫って、わたしたちは中庭に穴を掘り、二人を葬りました。

痛み

БІЛЬ

アンドリー　リヴィウ在住

痛みはどんな臭いがするか、って？　臭いのバリエーションは、一度緊急避難車両に乗ればたいがい分かるもんだよ。

まず何よりも、市場の精肉売り場の臭い。解体したての肉の臭い。血液の、甘く、わずかに金属っぽさの混じった臭いだな。

痛みは、汗とか、何日も洗っていない体の臭いもするし、アルコール、ヨウ素溶液、塩素の臭いなんかも付け加えられるね。

この臭いの束を仕上げるのは、戦場の煙とコーヒー、そしてタバコの臭い。

痛みの臭いは、忘れられるもんじゃない。

稲妻

リーザ　エネルホダル在住

わたしの身体《からだ》にタトゥーが何個かあります。ずっと昔、高校時代に入れたんですが、深い考えもなくその時のノリで彫ったんですね。カッコいい形をチョイスしよう、と。なぜ選んだのかは、今では上手く説明できないものが多いです。わたしはまったくの別人になってしまったから、自分が同じ身体にいること自体、めちゃくちゃ奇妙な感じがします。

手短かに言うと、ほらここ、乳房の真下に、稲妻のタトゥーが入っています。見せましょうか。これがあることが、占領地域を出る際に一番怖かったです。検問所のロシア人たちが、ウクライナへの愛国心を表したり、彼らの目に過激に映るようなタトゥーを探しているぞと、聞かされていたからです。わたしは自分のタトゥーがSS*のマークやその類《たぐい》のものを連想させるんじゃないかとヒ

БЛИСКАВКА

ヤヒヤしていました。彼らが何を考えるか、見当もつかないからです。

ともあれ、道を走っていて、検問所まであと一キロあるかないかというところで、わたしは喉がつかえてものも言えません。おそらく、人生で最も恐ろしい瞬間でした。どれほどの人がそこで消息を絶っているかも、どれほどの車両が彼らに銃撃されていたかも、わたしは知っていました。そこへ突然、雷が鳴ります。子どもの頃に聞いたような、遠くからゴロゴロと響く雷の音で、爆弾が破裂する音と比べて全然怖くありません。ほぼ次の瞬間には、バケツをひっくり返したようなどしゃ降り。川のように水が流れる道を、検問所へと向かいます。よく見ると、検問所はどうやら空っぽのようです。ロシア人たちはみな、雨宿りをしにどこかへ身を隠していたのです。そのうちの一人が、離れた場所からこちらへ歩き出しながら何かを叫んでいます。手を振って、先へ進めと指示していたのでした。

その後、わたしの稲妻に助けられたなとみんなで笑い合っていました。あんなに怖い思いをさせられた、わたしのタトゥー。

ВАГІТНІСТЬ

妊娠

ターニャ　ドネツク在住、ヴィシュホロド～チェルニウツィ滞在中

二〇一四年の夏に赤ん坊を抱いてドネツクから脱出しました。それ以来、わたしはひどく妊娠を恐れていました。妊娠すると、そのとたんにまたすべてが始まってしまうんじゃないか、と。

ところでキーウ郊外から逃げようとした時点ですでに妊娠二カ月でした。チェルニウツィに着いたところでわたしの妊娠はぴたりと終わりました。医者に聞いたけれど、戦争が始まったときから診ている妊婦の三人に一人は、同じように、先にこの世を去ると決めた赤ちゃんを身ごもっているそうです。医者になって三〇年間、こんなことは見たことがないそうです。

バスタブ

マリーナ　ハルキウ在住

近所にシェルターがないからバスタブにすがるしかなかったんです。アパート一戸が丸ごとバスタブの大きさに縮まるなんて思いも寄らないことでした。ミサイルがまず数軒先、そして目と鼻の先まで飛来しはじめた時から「もうダメだな」と思っていて、アパートの片付けも拭き掃除もだんだんとやらなくなり、というよりかやっても仕方がないと諦《あきら》めていました。その時わたしはバスタブに向かって言いました。「どうかよろしく！　助けてね」と。

とうとう一発が家《うち》の敷地に着弾した時、わたしは入浴中。窓という窓が枠ごと飛び散ってしまい、台所も寝室もガラスだらけになりました。床も、ガラスの破片と窓枠の残骸に覆われてしまいました。わたしが助かる場所はどこにもなかったでしょう、バスタブ以外は。ところが何と翌日、お湯が出ました。なぜか分からないけれど、何かのご褒美《ほうび》のように思えました。灯《あか》りがなくたって、蛇口を捻《ひね》れば流れてくるお湯！　バスタブにたっぷりのお湯を溜め、キャンドルを何本か灯しました。探したらアロマオイルも出てきました。まるで『千夜一夜物語』のシェヘラザードの気分。夜の数は、もう数えていませんけれど。

ВАННА

熊

スタス　キーウ在住

白昼の現実よりわたしの眠りの方がリアルです。日中は雑念をちょっとした用事で紛らわせますが、現実は眠っている間に近寄ってくるんです。「理性の眠りは怪物を生む」とゴヤ*は言いました。いくつもの意味が考えられそうですが、今、一つを選び出して言うのなら「無理を押してでも、現実に抗《あらが》って考えていなければならない」ということです。

ところで今日は、子どもの頃に返りたくなりました。そうして戦争のない場所に逃げ込んだのです。幼い頃のマキーウカ、ウスチカメノゴルスクにザカルパッチャ。今、わたしは悲しくなると、もう一度子供時代へと逃げていきます。最初は入学前の成長の過程を一つずつ思い出しました。今はもっぱら熊のことを想い起こしています。自分のテディベアと、もう一つ想像上の、あわせて二匹のテディベアのことです。わたしが小さい方をぎゅっと抱きしめているかと思えば、斑《ぶち》のどデカくて白いぬいぐるみの方がわたしを抱きかかえています。頭の中は空想《ファンタジー》でぐるんぐるん、戦争などありません。口に出して言ってみようかな――「ファンタジー」。なんと素晴らしい響きでしょう――「ファンタジー……」。

ВЕДМІДЬ

ВЕСІЛЛЯ

結婚式

ヴィーカ　マリウポリ在住

マリウポリから逃げる途中、延々と長い車列で走り続けました。前の方のどこかに救急車が走っています。それぞれの車には子どもと病人が大勢乗っていたから、みんなゆっくりと慎重に運転していました。思い出せばほとんどの車はミラーやドアハンドル、ルーフキャリアに長くて白い布を結わえ付けていました。まるで結婚式みたいに。いや、ほんとうに、結婚祝いの長い車列にそっくりでしたよ。カップルもいなければ、音楽もありませんでしたけれど。

結婚式

ヴィオレッタ　マリウポリ在住

弟の結婚式を二月二二日に行いました。戦争が始まるという噂はあったけれど、動きはなかったから心底ホッとしていました。その後、一週間か一〇日くらい経って、弟夫婦はマリウポリから避難することを決めました。スーツケースに荷造りをし街を出ようと幹線道路に向かいました。車が拾ってくれるように、わたしは段ボールに「ザポリージャ」と大きな文字で書いて渡しました。このようにして、彼らは「ハネムーン」に、はじめての「新婚旅行」に出かけて行ったのでした。

通り

スタス　キーウ在住

通りという通りはカンマを打たれたようにバリケードを設置した検問所で区切られています。バリケードの区切りがない通りは、見分けることができません。以前のような通りに出くわすと、斬新で一風変わったもののような感じがします。何もかもが今や分けられていなければならず、すべてが断片に切り刻まれています。『ストップ・ゼムリャ*』という映画の主人公たちに一時間半の猶予が与えられているように、現在、あらゆる通りがわたしたちに与えてくれる時間はせいぜい一〇分程度です。実際に戦闘が行われた街ではどうなのか想像もつかないし、したくないし、できないです。他人《ひと》が見た現実を受けとめるためにも、こちらの想像は止《や》めにします。

ВУЛИЦЯ

ГРИБ

キノコ

オクサナ　キーウ地方在住

郵便局まで歩く道中でのこと。爆発の強い衝撃を全身で受けとめ、振り返ると、村の向こう側で黒いキノコ雲が空に昇っています。道沿いでは人々が振り返り、立ち尽くしています。キノコを見つめているのです。キノコ雲はもくもくと空に立ち昇ります。人々は見つめています。キノコは膨れあがっていきます。人々はじっと見続けます。キノコが消えかかっても、人々はまだまだ見続けます。キノコ雲はやがて吹き散らされて黒と灰色の雲となり、木々の向こうに消えていきました。人々は向き直って、それぞれの用事に戻ります。この世にざわめきが戻ってきます。

ГРІМ

雷

カテリーナ　ヴィシュホロド在住

「いよいよすべてが始まったというときに、新しい遊びが生まれたんです」。三歳になる娘をブランコで揺らしながら、ハルキウからやって来た女性が言いました。

「どんな遊びですか？」

「雷が聞こえたら地下室に駆け下りる、というものです。下の娘は気に入っていますよ。けど上の息子は、今まで雷が鳴っても隠れなかったのに？と不思議がっています」

呼出音

ダーシャ　マリウポリ在住

爆弾で両親の家は全壊しました。写真を見たんです。外壁はそのままで、天井も屋根もみんな崩れ落ちています。両親は今ドニプロにいるのに、わたしはなぜかマリウポリの実家の番号に電話を掛けようとしました。どうしてそうしたのかは謎。とにかく子どもの頃から憶えて何百回も掛けた番号だし、なぜかはさておき、またそこに掛けてみよう、となったわけです。受話器の向こうからは、沈黙が返ってくるはず。沈黙しかありえないでしょう？　でなければ「お掛けになった電話番号は現在使われておりません」とか、よく分からないけれど、こうした自宅番号のためのメッセージが流れてくるのかな、と。だけど、信じられますか？　長い呼出音が聞こえてきたんです。そう、まるで先方が居留守を使ってずっと電話に出ない時みたいに。どうしてそうなったのか、

ГУДКИ

さっぱり分かりません。ケーブルも電話機も、そこには何も残っているはずがないのですから。だとすると、その電話はどこで鳴っていたの？　誰に対して？　聞いていたのは誰で、受話器を取らなかったのは、誰？

ДАЛЕКО — БЛИЗЬКО

「遠い」と「近い」

ヤニナ　キーウ在住

「遠い」とは、

a　ガソリンスタンドと検問所に並ぶ長蛇の列を通過しなければならない、
キーウとヴィンニツヤとの間の距離

b　爆発の最中《さなか》のベッドと廊下との間の距離

c　今いる場所と恐怖を感じることのない場所との間の距離

「近い」とは、

a　敵軍の発射物が着弾した地点までの距離

b　死を恐れないでいられるほどには遠くない距離

c　ペット用キャリーバッグを使わず三匹の猫を車に乗せ運転したときの、
ヴィンニツヤとキーウとの間の距離

我が家

ДІМ

イリーナ　リヴィウ在住

ネット上にこう書いてある。「核爆発が起きた際には必ずシャンプーでしっかり髪を洗うこと。ただし、放射性の塵の粒子を毛髪に定着させるコンディショナーの使用は、くれぐれも控えてください」。

風呂場に行き、コンディショナーが入った容器を手に取って、奥の棚に押し込みます。今しがた自分がしたことをしばらく眺め、怖くなって容器を元の位置に戻します。

わたしはこの容器を、今この瞬間、こよなく愛しています。コンディショナーの容器ちゃん、どうかわたしのそばにいてね。あなたは我が家であり、わたしのすべてなのだから。

ДУШ

シャワー

オレクサンドル　ブチャ在住

激しい砲撃を浴びている最中のシャワーはマジでおススメしない。すべてのお楽しみは台無しだ。いつも頭をよぎるのは、今もし砲弾を食らったらどうなるの？　ってこと。ケツも泡だらけの、むき出しの戦争犠牲者さ。

ЖИТЛА

住宅

ドミトロ　キーウ在住

並び立つ建物を見わたしていくと、壊された台所や寝室の残骸、子ども部屋の壁紙、浴室にあった鏡の破片などが目に入りました。眺めながら悟ったのですが、住宅の持ち主の中には、人生の半分をかけて貯めたお金でそれを建て、幸せな生活で満たした人もいたのです。余生をそこで過ごすつもりだった人もいたかもしれません。

爆撃で全壊した建物の向かい側に立つ看板にはこう書いてありました。「念願のプライベート空間が手頃な価格であなたのものに！」。

生

ヴィオレッタ　マリウポリ在住

たしかに、三月八日の国際女性デーはわたしのお気に入りの祝日ですが、今年、マリウポリの春には早咲きの花もプレゼントも全然期待していませんでした。わたしと妹は大きめのペットボトルを抱え、二人で水を探しに出かけました。

近所で轟音が響き始めましたが、ずっと向こうの方からだと思っていました。それが、ひゅーっという音が近づいてくるじゃないですか、妹にはしゃがみなさいと言いました。地面が濡れているし、わたし倒れるのが嫌だから、とりあえずしゃがみました。妹の方はというと、地面に刺さったように突っ立っていました。いまだに信じられないのか、それとも滑稽に見られるのが嫌なのかは分かりません。すぐそばで砲弾が炸裂し、跳ね上がった土がわたしたちの上に

ЖИТТЯ

降りかかりました。すぐに二人で走り出しました。振り返ると、着弾地点から遠くない建物の入口付近にあるベンチで、ピンクの毛布にくるまって座っている人を見かけました。日向《ひなた》ぼっこをしているのかな、と思ったら、ベンチの上にもたれかかって不自然な恰好で倒れるのが目に入りました。

今年の三月八日、女性たちには生と死が配られることになりました。わたしたちは、生の方をもらいました。

ЗЕМЛЯ

土

ハリーナ・ドミトリヴナ　スーミ地方、ビロピーリャ在住

なにもちろん、種蒔きはしたさ、当たり前だよ。ここを掘り返して蒔いたのさ。家はなくなったけど、種は蒔かなくっちゃ。土だって、さんざん苦しめられたからね。砲弾がそこらじゅうに転がっているかと思えば、今度は工兵たちがやってきてこう言うわけよ。「おばさんさ、しばらく息子さんのところに行っててくれない？　オレたちはその間、おばさんのところの土を治しとくから」。たしかにそう言われたよ。まぁ地元の連中で気心知れた仲だし、なんでも分かってくれてるからいいんだけどさ。そんなわけで、これから種を蒔かなくっちゃ。だって土を耕して種を蒔くことは、人の身体《からだ》を撫でたり髪の毛に櫛を通してやったりするのと同じだからね。自分に言い聞かせてるよ。「砲撃が一番ひどかったのは三月だったけど、土がまだ眠っている最中で良かったなぁ」。

ЗІРКА

星

ヴィクトリア　ハルキウ在住

ふと、我が家には伝統行事がないことに思い当たりました。なので、クリスマスに使う星の飾り物を作ってみることにしました。背の高い、大きな飾り。五階建てアパートの我が家には、槍みたいにして運び込まなければならないほど、高いやつです。豆電球も巻き付けました。コリャドカ*も何曲か覚えましたよ。コリャドカといえばウクライナ以外にないでしょう？　少なくとも、その種のものは。それでコリャドカを歌いに外へ繰りだしました。一年目は丈の長いドレスの衣装が作れるくらいお金をがっぽり稼ぎました。いろんな人から注文が入るようになったんですよ、親戚も友人も、赤の他人さえも。クリスマスになると、キリスト降誕劇用の注文が殺到しました。

その星は、バルコニーに置いてきました。

星

ロマンナ　キーウ在住

爆撃でガラスが砕け散るのを防ぐために窓にテープを貼ると、星みたいになります。わたしも、家の窓にテープを貼りました。すべての窓に、一枚につき不透明なテープを四本ずつ、マニュアル通り両隅から斜めに交差させました。太陽が出て、朝目覚めると、壁に影が映ります。まさしく星のように、ゆったりと這いずりながら。

これが戦争をめぐる唯一の記憶であってくれればいいのに、と思います。

歯

ウリャーナ　リヴィウ在住

ミコライウ地方から避難した一人の男がうちにやってきました。占領軍による拘留から逃亡したんです。奴らは、彼を捕え、拷問にかけ、歯という歯をへし折ってしまっていたんですね。

彼は今、わたしたちの学校に身を寄せています。

子ども用の毛布から長い脚を出して、マットレスの上に寝そべっています。まるで小学生みたいですよ。けど歯は、もう生えてきません。

ЗУБИ

ICTOPII

身の上話

ヴィーカ　マリウポリ在住

あなたは作家でしょ？　その方が気楽よね。だってものを書く時は、語りかける相手のことが見えないから。わたしは人に見られると自分が不憫《ふびん》に思えてきて、言葉がいっさい出てこない。または逆に、たぶんわたしなんか全然経験が足りないから、自分の身の上話をひけらかすのは滑稽だ、と思うの。だって誰々がどんな経験をしてきたかなんて、わたしは知らないからね。その人だって同じことを考えているかもしれないし。そうしたら二人とも黙ったまま、ずっとそこに座っていることになるのよ。本当は、二人あわせて一〇〇人分に足るほどの多くの経験を積んでいるのに、ね。

食べもの

オクサナ　リヴィウ在住

東部地域からやってきた家族を一晩お世話することになりました。台所に案内して言いました。「ここがキッチン。食卓にある食べものを召し上がってくださいね」。

その瞬間、彼らは泣き始めたのです。「キッチンにある食べものを、召し上がってくださいね」という一言で。

食べもの

サーシャ　リヴィウ在住

うちに一人のおじいちゃんが来ていました。「どうぞ召し上がれ！」。何度言っても断ろうとするんです。そこでわたしは、この国の高齢者に必ず効く、とある方便を使います。「召し上がってくださいね、どうせ捨てることになるんですから」。

すると彼曰く、「分かりました、いただきますよ」。

ちょうどナイフとフォークを切らしていたから、急いで取りに行ったんです。戻ってくると、おやまあ、おじいちゃんはもう素手で食べているではありませんか。

食べもの

マリアナ　イワノフランキウスク在住

御多分に洩れず、わたしも防災リュックに乾燥食品を入れてみました。中にはいろんな具材を詰めて薄く焼いたフラットブレッドもあります。平時から大好きだったし、今回も迷わずに購入しました。

地下室に降りる生活が始まった最初の数週間、事態がさらに悪化してその時に必要となるかもしれないから取っておこうと決めて、まったく手をつけなかったのです。

それが、四月上旬あたりかな、ある日、家で過ごしているときに、残らず全部食べてしまったのです。食べながら、何か悪いことでもしているような心持ちでしたが、それがこれまでになく美味しかったのです。最悪の事態に備えての用意だったのに、わたしって、いったい何やってるんだろう？

その時、不意に、なんとも言えない安堵感に包まれました。まるで、想像していた最悪の事態が起こったかと思いきや、怖がる間もないほどすばやくどこかへ行ってしまったかのような。すべて過ぎ去り、跡形もなくなってしまったかのような。

次に何をしたと思いますか？　フラットブレッドをもう一度買い揃えました。今もありますよ。そのブレッドをいつか、ほぼ間違いなく、またペロッと平らげてしまうと思います。より正確に言えば、それを食べるのに特別な理由はいらない、とわたしは思うだろうということです。もし実際に最悪の事態が再び起こることがあったとしても、すぐに過ぎ去ってしまうのだから。

ココア

ボフダナ　キーウ在住、リヴィウ滞在中

　昨日クラマトルスクからものすごい数の人がやってきました。列車が次々と到着し、乗客は食事をしたり、雑談をしたりしにこちらへと向かってきました。わたしは苦手だけれど、お約束の朝食であるミルクがゆもこしらえていましたし、コーヒーを切らしそうだから代わりにココアを作ろうね、と話し合っていました。大人は恥ずかしくて認めたがらないことがあるけれど、ほんとうは彼らもココアが好きなんですね。ある女性は緑茶がいい、と言っていたから、紅茶の箱の中から緑茶を探してみました。倉庫の中は、粉ミルクを置く場所さえなくなってしまうくらいの勢いで、ポーランド産のツナがぎっしりと詰められていたので、ツナだけでウクライナの人口の半分ほどは喰わせられるね、なんてふざけたことを言っていました。水の五〇〇ミリのペットボトルが出てきましたし、パテ缶の山に分け入ってみると、子ども向けのチョコレート菓子の箱が丸ごとあったのです。小さな緑色のスイカみたいなストライプを描いた包装に小分けされていました。日々の雑用、小さな幸せ、ツナやら何やら――と、こういう具合でしたね。

それが今日、敵軍がクラマトルスク駅を爆撃しているのです。わたしは頭から打ち消すことができません――三〇名を超える人たちがもうコーヒーを飲んでくれないし、お茶を催促してこないし、自分の子どもにストライプの包装のチョコレート菓子を差し出すこともない、という事実を。ツナサンドを食べるようわたしがしつこく勧めることも、もうないのです。彼らはこちらへ向かっていたのだし、わたしたちも人数分のコーヒーを用意していたのに。

あちら側の世界に何があるのかは、知りようがありません。けれど、何かがあるとしたら、それは世界一美味しいココアに違いないでしょう。

КАЛЕНДАР

カレンダー

ラリーサ　キーウ在住

休日と祝日の感覚はだいぶ前から薄れているけれど、それでも、今日は土曜日だとか、月曜日だということくらいは分かっていました。自分の誕生日が何曜日に当たるかも、諸々の大切なイベントの曜日なども、憶えていました。休暇中でさえも「今日は水曜日よ」って、難なく周りに言えたのです。けれど、二月二四日が何曜日だったのかは憶えていません。今日という日の曜日もです。あるのは濃厚で毒々しい時間と空間の塊。その特徴は、戦争が続く日数や外出禁止令の時刻、昼夜鳴りわたる空襲警報によって数えられる、ということ。もはやそれはカレンダーの上の曜日におとしこめるものではありません。

カナリア

オーリャ　イルピン在住

イルピンから逃げる途中に、一瞬、水を打ったような静けさがありました。近くにミサイルが着弾した家があって、その一軒は窓という窓が割れていて、玄関も瓦礫で塞がっています。通りかかった瞬間、窓の中からカナリアの鳴き声が聞こえてきます。子どもの頃カナリアを飼っていたから、音色をよく知っています。きっと家の人たちが防空壕に潜ったきり、上がってこられなかったんでしょうね。それまでもそれからもいろんなことがあったけれど、あの一羽のカナリアのことは忘れられません。

KAHAPKA

アヒルの子

イーラ　ニコポリ在住、クラクフ滞在中

一番厄介なことは何かって？　他人《ひと》に気の毒がられることが一番厄介ですね。これまで人からかわいそうだと言われたことがないから、最初はどう振る舞っていいか分からなくて。けれどその後、適切な表情を作ることを学びましたよ。バッチリ「涙目」にだってなれます。

かく言うわたし自身、つねに誰かを憐れまずにはいられない質《たち》で、それなしでは生きていけませんでした。子猫とか、アヒルの子とかね。子どもの頃アヒルの子を飼っていて、その子がむかし、池で暮らしていたのだけど、悪い奴らが池の水を抜いたために栖《す》めなくなってしまい、今は浴槽の中で過ごさなくちゃならない、なんてことを空想していました。そうやって、憐れみ続けたわけですね。そういうのがあるから、憐れんでくれる人々のことも理解できます。

けれど、すべてお終《しま》い。憐れむ心が抜けたというか、何もかもが燃えて無くなったみたいで。いちいち他人を憐れんだりしていると、こちらが何もできなくなってしまうもの。泣き続ける以外にはね。

入場券

オーリャ　リヴィウ在住

パラレルワールドがどこかにあると思えてならないの。戦争の前と同じようにわたしたちが暮らしている世界が。

そういえば、キーウ郊外に家族向けのエコパークがあるよね。焼け野原になってしまったけど、入場券を買って下さいってアピールしてるのよ。生き残った動物たちの餌代を払わないといけないし。昨日、何枚か入場券を買って想像したの。友だちと一緒にぶらついたり、手の平から子羊に餌をやったり、駝鳥と一緒に記念写真を撮ったりするところを。とっても幸せそうにね。

「この世の天国」を描いた宗教団体のパンフレットがあるでしょ？　そういう感じかも。どう思う？　この入場券を使う日は来るかな？

КВИТКИ

KIMHATA

部屋

ワレリア　スーミ地方在住、ワルシャワ滞在中

言葉って賢いですよね。そう、言語。

良い例がポーランド語のpokój《ポークイ》。「平和」も「部屋」も意味します。素敵な言葉じゃありませんか？　寝る前に思い浮かべます。窓を開けると、雨がザァーッと降り注ぎ、車がアスファルトの上をサァーッと走り抜けていく……故郷を思い出します。そこにはもう、平和も部屋もないけれど。

猫

KIT

オレーナ　ブチャ在住

占領の一〇日目にブチャから逃れるための人道回廊を設けるという発表がありました。わたしたちはすべてをうっちゃって、急いで荷造りをして出かけました。バスは一時間後、市役所の前から出ると言われたから、ほとんど走らんばかりに急ぎ足で。自分たちの前を歩いている赤いパンツを穿いた女性には見覚えがありました。三度も街から脱出を試みたのですが、そのつど、ロシア軍に引き返させられていたのです。上等そうな猫のキャリーバッグを抱えたおばあさんの腕をつかみ、前へ進もうとしていました。何ごとかを説得しようとしている様子でした。

「その猫がどれだけ重いか分かります？　一緒にはとても引っ張っていけないのよ。わたし、いざとなったら猫もあなたも放り出して逃げるからね。けど、あなた一人だったら何とかバスの乗り口までたどり着けると思うの」

おばあさんは、バッグをぎゅっと抱え込んだまま、ずっと泣きじゃくっていました。ところが団地を出ようかというところで足を止め、芝生の上にバッグをそっと置きました。立派な白い猫はおそるおそる辺りを見回し、途方に暮れていました。いっそう激しく泣くおばあさんを、赤いパンツの女性はぐいぐい引っ張っていきました。結局、その日は誰もどこにも出発しませんでした。ただ、領土防衛隊の若者たちが集まった人々を車で家まで送ってくれただけでした。数日来、初めて温《ぬく》もりを感じる一〇分間でした。

おばあさんが猫を見つけられたかどうかは、分かりません。どちらも無事だといいな、と思います。

鍵

アリーナ　マキーウカ在住、キーウ滞在中

近頃、わたしたちの多くがいろんな種類の鍵を持ち歩きます。いくつもの鍵を一つに束ねる人もいれば、いくつかの鍵束《かぎたば》を大小さまざまなポケットに突っ込む人もいます。出て行かざるを得なくなった自宅の鍵束と、両親が出て行かざるを得なくなった実家の鍵束と、フラワーポットの水やりを頼むねと言われ知人友人に渡されたアパートの鍵束と、みたいな具合です。

わたしには、さまざまな時期にいずれも出て行かざるを得なくなった家が、三軒ほどあります。そしてすべての鍵束をなぜか今でも持っていて、どの鍵でどの錠を開けるか、今でも憶えています。それらの建物が無事かどうかも、今そこに住んでいるのが誰なのかも分からないにもかかわらず、です。けれど、どうしても思い出すことのできない鍵束が一つ手許に残っています。はい、これです。鍵は二つしかないのです。思い出せればいいのにと、じっと見つめています。

КЛЮЧІ

КОЛЬОРИ

色彩

オーリャ　リヴィウ在住

今やマリウポリ市はまるで等高線地図みたいになっている、と、どこかで読みました。

ウクライナ全土が今そんな感じに思えます。無色で、あるのは国境だけ。離れてよ、触《さわ》らないで。

色彩はいつか戻ってきます。わたし、思い浮かべたんです。宮崎監督のアニメに出て来るような、今は目に見えない花々がいっせいに咲き乱れるような感じだろうな、って。

お馬さん

ユーリャ　リヴィウ在住

亡くなった人々の写真と造花が掲げられている壁の前を通るたびに、うちのハンナは立ち止まって、キーウで射殺された女の子の写真の横にぶら下がっている小さな馬のおもちゃを手に取っていました。

でも今日、ハンナが女の子の写真の前まで来ると、馬のおもちゃがなくなっています。

「あっ、ここにいる!」。四歳だった男の子の写真の近くにおもちゃを見つけて、彼女は大喜び。手に取ってみると、お馬さんはもう結いつけられていなくて、自由になっていました。

「お母さん、これを持ち帰ってもいい?」

「だめだめ。写真の女の子のお馬さんでしょ?」。いつものように心の中でそ

КОНИК

う答えはしたけれど、結局、なぜか反対のことを言いました。

「いいわよ。あのね、この子たちがお馬さんをあなたにプレゼントするのは、あなたがお馬さんと遊んで、それを大切にするためなの。だってあなたは生きているのだから」

КОХАННЯ

恋愛

マリーナ　キーウ在住

戦争が勃発する一週間前、デートに行きたいなと思える男性に出会いました。そして、実際に行ってきました。レストランで、テーブルには蠟燭《ろうそく》、窓の外は雪がしんしんと降っていました。彼がわたしの手を取ったり、髪の毛にそっと指で触れたりと、すべてわたしが夢見ていたとおりの時間でした。

ほどなく砲撃が始まりました。まずレストランが閉まり出し、次にオープンカフェが続き、やがてすべてが営業停止となります。開《あ》いている食料品店を探そうと、もう一度落ち合いました。店は見つかりました。

ミサイル部隊に入っているから、きっと今度は前線に配属されるだろう、と話してくれました。わたしたちはさよならを言わなければなりませんでした。

空襲警報も意に介さず、冷めたチーズバーガーを頬張りながら、わたしたちはしばらく街の中をぶらぶら歩いていました。

まるで誰かがずっと何年も経ってから開いて読む小説か何かの中にいる気分でした。「戦時下の恋愛」というタイトルの。

KPACA

きれいなもの

カテリーナ　ヴィシュホロド在住

少し前に第二次世界大戦について書かれた話を読みました。女の子がナチスに目を付けられレイプされないようにと、母親の最もみすぼらしい服を着てやり過ごしたという話でした。わたしは、簞笥の前でおろおろしています。もう「最もみすぼらしい」服を着る時が来ているのだろうか、それともまだ逃げ切ることができるのだろうか？　すべてが目まぐるしく変化している。タクシーは使えない。電話を掛けても話し中だし、つながったかと思えば断られる。仕方がないからキーウまで歩くことにしました。

戦争では、きれいなものが危険になります。きれいなもの、人、関係は、今や、心を動かすためではなく、根こそぎ潰されるためにあります。憧れと愛撫のためではなく、苦しみのためにあるのです。

道路に沿って歩くものの、泥濘《ぬかる》みにブーツがはまります。携帯からはショートメッセージの着信音が聞こえてきます。「当サロンのネイルアートをご利用くださり、誠にありがとうございます。お客様アンケートへのご協力をお願いいたします」。

КРЕЙДА

チョーク

ワレリー　キーウ在住

キーウ地方で、わたしたちはロシア軍が拠点にしていた学校へ立ち寄る機会がありました。書類だの捨てられた持ち物だのと色々発見しました。学校中の黒板という黒板には、ありとあらゆるデタラメな落書きが残されていました。

次にわたしたちは、設備機器類が置いてあった半地下に降りていきました。連れ去られた人々は、そこで監禁されていたらしい。同じ場所で訊問もされていたかもしれません。こういう空間は霊的に感じるんですよね。まるで誰かの手がそこからわたしたちを追い出そうとしているかのようで、とても長くいられません。

そうした部屋の一つに入ると、チョークで壁に文字が書いてあります。「助けて。カーチャ」。それだけ。また隅の方には、チョークの欠片《かけら》が落ちています。その文字を書いたチョークかもしれません。

わたしはそのチョークを持ち帰りました。持っていると、カーチャを見つけるのに役立つような気がして。もちろん、まだ生きていればの話だけれど。わたしはなんとなくこんなふうに想像しました。「きみがカーチャかい？　これ、きみのチョークじゃない？　学校で見つけたんだよ。さあ、助けてあげるよ」。おかしな話でしょう？

血

КРОВ

マリア　チェルニヒウ在住

ふわっと雲の上に身を預けた感覚というのかな。頭はガンガンしていたけれど、身体《からだ》がふぅーっと軽くなっていきました。その瞬間、自分の血の匂いが襲ってきました。不思議ですよ。助かったのは、この驚きまたは恐怖のおかげだと思います。血はひょっとしてガスと一緒で、ハッとさせるために匂いが付いているものなのかな。まるで眠りから覚めたような心地がしたわたしは体を動かし始め、生きていることを周囲に伝えようとしました。助けてくれたボランティアの青年たちが言っていたわ。「一〇秒遅かったら出血で死んでいたかも」と。

最近血を見ることが多い。怖いというのではなく、ただ目に入るのです。以前からこんなにまわりに血があったのかな、と思います。占領された地域の地図を見るにつけてもそうで、バラのような赤い色に塗られているんですよ。まるで地図の縁《へり》から血が滲み出ているように見えて。

КУЛЯ

銃弾

ミコーラ　フメリニツキー在住

魂に罪を背負うことになったのかどうかは分からない。ただ狙いを定め、撃つだけだ。ただし撃つ時、目をつぶる。オレの銃弾《たま》が誰かを殺《あや》めたかどうかは、想像にまかせるわ。

ランプ

カテリーナ　ヴィシュホロド在住

その日は水道を止めて家中のコンセントを抜きました。一台のランプだけが言うことを聞きません。岩塩ボールみたいな形をしたとても居心地のよいランプ。中の電気が少し溜まっていたみたい。

そのランプは、タッチセンサーで点いたり消えたりするタイプだけれど、なぜか今日だけは消えてくれなくて、触ると色が少し変わるだけなんですね。触り方をいろいろと変えてみたり、話しかけてみたりもしたのですが。

「あなた、もういいわ、灯っていなさい。わたしたちが帰ってくるのを待っていてね」

戦争で空き家になってしまう住宅にぴったりな色味を、もう二、三回触りながら探してみました。ひんやりとしたブルーにしようか。それとも柔らかなパープル。燃えるようなレッドはどうかな。

選んだのは温かい黄色。子どものころ台所の窓を照らした灯りと同じ色なので。

ЛАМПА

手紙

ニーナ　コノトープ在住

記憶についていろいろと考えさせられます。自分の脳がどれだけのものか、わたしたち自身、想像も及ばないことですね。

わたしの夫は地質学者で、ソ連各地を出張で回っていました。北極圏に数カ月間滞在することもしばしばで、現地からわたし宛によく手紙を寄越《よこ》してくれました。当時、こんなポストカードがあって、ハガキ代わりに送ってくれていたのです。全部で四三通あります。そういうわけで、防空壕用の荷造りをした際に、それらをすべて鞄《かばん》に詰めました。本を持ち込む人もいたけれど、わたしはこの手紙にしました。中にいる間に読もうと思ったのに、光がぜんぜん足りなくて、できませんでした。代わりに手紙を一通ずつ取り出しては何が書いてあるか、思い浮かべてみました。長い間読み返していなかったのに、わたしの記憶のどこかに生きているのですね。

それで、一通り手紙をなぞり終えると、今度は頭の中で返事を考え始めたのです。なぜかというと、お恥ずかしいことですが、そのむかし夫にはあまり返信をしたためていなかったからです。書いたとしても、ごく短い返事ばかりでした。それが、ここへきて、淀みなく長々とした返事をしたためたんです。でも、戦争のことも防空壕のことも、彼には伝えませんでした。だってあちらでは必要ないことでしょう？　ただ、今年の冬が存外長いことを、一言書き添えただけでした。

愛

ベアタ　ポーランド、ドロフスク在住

学校に勤めています。結婚はしているけれど、心の中では大きな空しさを覚えていました。ロシアがあなたがたへの攻撃を始めたときに数日間の休暇を取り、国境まで出かけていったんです。避難してくる人々のために紅茶を淹れたり、ココアとか、スープも作りました。一日目に、リュボウ*という名前の女性に会いました。それにしても、あなたがたの国の言葉にはそんな名前があるなんて、素敵ね。だってポーランド語にミウォシチ*という名前は存在しませんもの。それで、リュボウが到着した際、路線タクシーから降りるなり泣きだしたの。わたしは彼女のそばに駆け寄って、ただただしっかりと抱きしめてあげました。わたしたちは二人でそのまま一〇分くらい立ちつくしていました。無言の涙を流しながら。そのあとで、食べものを詰めた小包を作って渡すと、彼女は先へと旅立っていきました。

ЛЮБОВ

МАДЛЕНКА

マドレーヌ

ボフダナ　キーウ在住、リヴィウ滞在中

届いた支援物資の中にはちっちゃなマドレーヌが入っていました。それも丁寧に「マドレーヌ」と表書きまでしてあって。一人ずつ、自分だけのマドレーヌが持てるようにきちんと小分けされていたんです。子どもに配りましたけれど、わたしにとって、その行為はなにか象徴的なことに思えたのです。一人ひとりの子どもが、未来に向かって自分自身のコンブレー村*の一欠片《かけら》を抱《いだ》くわけでしょう。そうすることで、集合的記憶が長続きしていくことになるのです。そのようにして、いかなる侵略者も破壊できない、わたしたちの内なる街を守っていくわけですよ。

焼き網

ヴィオレッタ　マリウポリ在住

暖房も電気も水道もガスも街から消えた後にどうしたかというと、みんなで家の外に出て野外調理をし始めたんです。ある人はレンガを積んでその上に扇風機の前ガードを置いて焼き網に仕立てていました。

わたしたちは調理用の焼き網を持っており、晩になると薬缶《やかん》を置いてお湯を沸かしました。白い湯気がもくもくと出ている最中に、向かい側の団地では窓から炎が上がっていました。

МАНГАЛ

MICTO

マリア　リヴィウ在住

都会

都会はやっぱり避難する場所よね。あなたの元カノたちに何度も会ってるのよ。二日間に二人も。しかも二人目とはすっかり仲良しになったの。何とも変な感じね。彼女たちが住める場所を探してあげているんだから。

「それで？　君に似ていたかい？」

「二人とも、髪を伸ばしていたわ」

МОЛИТВА

お祈り

ハリーナ　メリトポリ在住

占領された街から乗り物で脱出しようとしたときのこと。隣に子ども連れのムスリムの女性が座っていました。夜でしたが、漆黒の闇の中、窓の外には灯りひとつ見当たらず、そのため余計怖く感じました。敵軍の検問所をいくつか通らなければいけないけれど、そこでどんな目に遭ってもおかしくないことは分かっていました。誰かがこう言いました。畑の中や道路脇にはいろんなものがあるから、暗くてよかったわよ。夢に出てくるからさ、と。わたしは、もう夢なんかろくに見られなくなっていますけど。

道路を走っている間、わたしはただ怯えていましたが、隣の女性はひたむきにお祈りを唱えていました。わたしは願い出ました。「一緒に祈ってもいいかしら。わたし、お祈りをひとつも知らないの」。彼女はわたしに教えてくれました。「アウドゥ・ビラヒ・ミナシャイタニール・ラジーム」。

それは悪魔を追い払う祈りでした。

今でもしょっちゅう口ずさんでいますよ、そのお祈りを。一篇知っているだけで充分。そもそも神様に頼み事をしたとしても、悪魔から守ってくださいとしかわたしは言いませんから。

НЕБО

空

ワレリア　スーミ地方在住、ワルシャワ滞在中

まだあります。わたしたちは「開けっぴろげの空の下」と言いますが、ここポーランドでは「裸の空の下」という言い方をします。ミサイルが飛び交う今のウクライナの空だと、ポーランド流の言い回しの方がぴったりではないか、という気がします。我々の空は肉体のように裸で、無防備です。なにかで覆いたくて仕方がないのです。

今「開けっぴろげの空」と聞くと、天井が崩れ落ちたオフティルカの両親の家を思い出します。ソファであるとかこまごまとした小物類は無事に残りました。けれど天井はありません。開けっぴろげの空の下で、開けっぴろげに寝ることができます。

НОВИНИ

ニュース

ヴィクトル　リヴィウ在住

僕は空港の近くで育ちました。近頃では、飛行場や空港の近くといえば最も危険な場所の一つです。僕はもうそこにはいないからいいんですが。でも、むかしは、ロマンチックでありながら、空港にはどこか落ち着かないところもありました。どうして落ち着かないかって？　とくに夜間、ブーンと唸る音が遠くから絶え間なく聞こえてくるからです。泊まりに来るお客さんもみんな気にしていましたよ。何の変哲もない普通の家のようですが、あの唸り音にはほとほと参りました。影みたいに、どこに行ってもくっついてくるんですから。

最近のニュースも、そういう感じがします。時折、世の中に起きていることを忘れて、お日様とか、美味しい朝ご飯とか、子どものおしゃべりとか、慣れ親しんだ様々なものを楽しんでいるその最中《さなか》に、あのブーンという音が飛び込んでくる。つまりそれは、僕らの街からは見えないけれど、聞こえてくる戦況のことです。今日起きた恐ろしい出来事を聞き逃してはいけないからと、小さな喜びを分かち合うことさえ怖がっている始末です。

その時に気づくんです。何もかも、以前とは違うのだと。朝ご飯も、犬の散歩も、表面や膜に過ぎないのだと。では、膜の内側にはいったい何が入っているのだろう？　戦争が始まる前にそこにあったものは、一体何だったのだろう？

脚

ヴィクトル　スーミ在住、リヴィウ滞在中

「片脚はこちらで、もう片脚はあちら」*って言うだろ。まさにオレのことよ。負傷してここに移送されたとき医者から言われたのは、「片脚を助けたからね」って。仰せごもっとも、確かに助けはしてくれました。けどさ、その脚じゃ一生、まともに歩けないんだよ。おまけにどうしようもなく痛いの。骨に刺さったままの破片でな。

オレはこの脚のおかげで、どうやらいつも戦場にいることになるみたいだ。最初からちょん切ってくれてりゃマシだったかもな、まったく(笑)。

НОГА

НОМЕРИ

ナンバープレート

サシュコ　キーウ在住

ブチャでめちゃくちゃに撃ち抜かれた「自動車の墓場」は誰もが写真で見ていた。けど、オレが見たのはちょっと違う景色。自動車人間の墓地。どういうことかって？　こういうことよ。

ロシアのファシストどもに砲撃された車の中から遺体を引っ張り出したとき、身元を特定できないことがたびたびあった。身分証明書を持っていなかったり、原形をとどめないほど焼かれてしまったりしていた。そういうわけで、埋葬した後にせめて誰か分かるようにと、墓標代わりに自動車のナンバープレートを引っかけていったのさ。

ナンバープレート・ピープル。つまり自動車人間ってわけよ。

ПЕЧЕРА

洞窟

ロマン　チェルニヒウ在住

僕はむかしからずっと洞窟探検にはまっていました。週末の予定が空くと支度を整えて、とにかく洞窟に潜りにいきました。

近所の学校の地下には巨大な防空壕があります。最初の数日間は灯りもない状況だったので、ヘッドライトを着けて入っていきました。すると、中は誰もいないと思えるほど静まりかえっています。で、突如、壁際のいたるところに人々が、子どもが踞《うずくま》っているのが見えてきます。次の通路に曲がった際にも同じ光景が待ち受けます。そこにいる人々は、まるで石筍や鍾乳石みたいに、何千年も居続けているようでした。戦争は、こんなことを時間にしでかすのですね。

地下室

ナターリャ　キーウ地方在住

占領軍はわたしたちを自宅から追い出し、地下室に住まわせました。転がるジャガイモの間に座っていると、孫がプラスチックのお皿から素手で蕎麦《そば》の実を掻き集めています。春ですし、彼が外で遊びたいとせがむのも仕方がないのです。突然、わたしに尋ねます。

「おばあちゃん！　奴らの言葉で「僕を殺さないで」って、どう言うの？」

ПОГРІБ

ПРАГА

プラハ

名前を聞かなかった一〇代の女の子　ハルキウ在住

取っておくタイプです、わたし。子どもの頃からそう。美味しいおやつが目の前にあっても、後で素敵なシチュエーションで食べたいから取っておくの——キャンドルが灯っていたりとか、面白い映画を見ながら、とかね。タイミングが合わないことがしょっちゅうで放っておくけれど、いざ手に取って食べようとすると味がなくなってしまっているんですね。それはそうと、ずっとプラハには行きたかったんです。親戚もいるのに、結局行く余裕がなかったんです。それが今、やっとプラハに向かっているんですが、楽しいことはなに一つありません。

お別れ

オクサナ　リヴィウ在住

わたしたちが用意した宿泊所を後にするとき、みなさんはお別れの挨拶をしてハグを交わしてから車に乗って先へと進みます。名前を告げ合い、目線を交わす程度の付き合いで、わたしたちはほとんどお互いを知らないのです。ぎゅっと長く抱きしめられている最中、まるでこの世で一番大事な者同士だなと、わたしには感じられるのです。

ПРОЩАННЯ

ラジオ

サメット　バクー在住、キーウ滞在中

いや、ウクライナ語は分かりますよ。けど息子に言わせると、オヤジはちょうどいいタイミングで耳が遠くなった、と。まったくふざけたせがれでね。

ところで、ある年齢までくると「初めてのこと」はめっきり減るもんです。けどオレは、今ごろになって初体験だらけなんですよ。たとえば、今度ポーランドを目にすることになる。耳じゃ聞けやしないがね。けどむかしはすべて真逆で、聞こえはしたけれど見ることはできなかったんです。どういうことかって？　他愛のないことですわ。ポーランドのラジオですよ。ロックとジャズ。こちらにはないものでしたね。ただ、電波は妨害されるわ、雑音も酷いものだったからな。そんなわけで、いざとなれば音楽は自分で想像できるんです。欠けているものを想像できるって、いいもんですよ。まるで目の前に浮かび上がってきて、それだけでハッピーになれるからな。

何を想像してほしいか、言ってみなよ？　まあ、分かっちゃいるけどな。

РАДІО

悦び

マーシャ　コスチャンティニウカ在住、イワノフランキウスク滞在中

わたし、ここではしょっちゅう聞かれます。溢れ出すわたしの悦びはどこから来るのか、なぜ嬉しそうにしているのか、って。中には責めるように尋ねる人もいます。実際、わたしにはもう何も誰も残ってはいません、幼いサーシカを除いては。

しかしある時、まるでお告げのようにパッと閃いたんです。彼らは、確かにわたしからすべてのものを奪ったけれど、わたしの日々そのものを盗む権利なんてない。その瞬間、他人《ひと》の考え方の真似事をしないことにしました。「ほら、勝利までもう少しの辛抱よ、そしたら再び人生が始まるから」とか、そんなわけありません。わたしたちの人生はここにあるのであって、他のものではありえない。勝利にしたって、悪い夢を見て目が覚めるといった展開にはなりませ

РАДІСТЬ

ん。「ふう、我が家なのね、もう大丈夫よ」。二度とそんなことにはなりません。なぜならわたしたちが見てきた一切のものは夢ではないからです。もう「我が家」は存在しないのです。

そこで心に決めました。勝利に向けてベストは尽くすけど、大切な日々を引き渡すことはしません。地面に横たわって苦しむことも、一日たりともしません。彼らへの怒りをわたしの悦びに変えてみせます。そう。怒りから生まれた悦びなのです。

魚

ハリーナ　マリウポリ在住

他人《ひと》様の物に手を付けたことはありません。そこへきて、そばを通り過ぎる迷彩服の男がこう言ってきました。

「ハリーナ・イワーニヴナ、連中があそこの店を開けたんですよ。何か持っていかれてはどうですか?」

自分の教え子だとすぐには分かりませんでした。

入ってみると、カウンターの上に腐った鶏肉の山があるのみでした。持ち去った人々はそれを水に晒して何とか調理するだろうけれど、匂いを嗅いだだけで気持ち悪くなるから、わたしにはとてもとてもできない。冷凍庫を覗くと、空っぽ。二重底になっているかもしれないから念のため見てみると、お魚が残っているじゃありませんか！　それもただのお魚じゃなくて、海で獲った一メートルもある高級魚です。わたしは途方に暮れながらも、かじかんだ手で冷凍庫の中をまさぐって、カチカチになったお魚を掘り出してきました。わたしがそれを運ぶ姿は、まるで大きな薪を抱えているよう。砲撃が休まる気配はなく、絶えず爆発の音が響いていていました。

アパートは寒いですよ、長いこと電気が止まっていますから。お魚に息を吹きかけても一向に解凍しないから、外で調理用に拵えた焚火に持っていきました。しばらく炎の上にかざしてみましたが、尻尾を焦がしてしまいました。しぶといお魚で、全部調理するのに数日かかりました。そうやって、わたしたちは生き永らえたのです。

РИБА

СВОБОДА

自由

ワディム　コノトープ在住

自由といえば、誰かが代わりに手に入れてくれるものではありません。誰かが与えてくれることもなければ、プレゼントしてくれることもなく、誰かに期待することはできないものなんです。自分の手で作る以外にない、ということです。そう、ハンドメイドですよ（笑）。自由を作る工場なんて存在しません。量産品ではないのです。

倉庫

カテリーナ　ヴィシュホロド在住

二月二四日は花に水やりをしてから出発しました。一カ月以上、もう誰も水をやっていません。我が街からロシア人たちが退却した時、母親が花の世話をしたいと言い出しました。三時間もかかる道中だけれど、平気でした。

列車が来るのを人々は待っていて、隣の線路には貨物列車が停まっていました。大きな倉庫に何か物を移動しようと荷下ろしをしていました。その倉庫は子どもの時分、古紙を持っていくと代わりに本をくれる場所だったから、わたしには馴染みがありました。

突然、母親は目まいを感じ、足が言うことを聞かず、やっとのことで家《うち》に帰ってきました。その日が終わるまでの間、彼女は吐き気と嘔吐に苦しみ続けました。

СКЛАД

かつて本を積み上げるためにあった倉庫が、人の遺体を積み上げる倉庫に変わっていたのでした。

СМІТТЯ

ゴミ

カテリーナ　ヴィシュホロド在住

二月二四日。窓の外を今しがたロシア軍のヘリコプターが列をなして通り過ぎ、地上にはミサイルが堕ちてきました。ここを出なければなりません。けれど、ゴミを出さなければなりません。

生ゴミの袋に手を伸ばす。プラが入った袋も持っていった方がいい？　ガラス瓶の袋は？　包装紙はどうするの？　戦争の混乱に巻き込まれて全部がごちゃまぜにならないのかな？　きれいに洗ってあるヨーグルトの瓶、ボトル、子どもの塗り絵……

わたしの家も、この街も、置いていけばゴミになるの？

そもそも、そんなことを考えている場合なの？

夢

СНИ

マリーナ　ハルキウ在住

むかし目覚まし時計を起きる時刻より少し早めにセットするのが好きでした。目が覚めるとあと三〇分寝られるんだ、みたいになってすごくいい気分なんです。けれど、今は全然眠れません。眠るのが怖いんじゃなくて、眠りから覚めるのが怖いのです。砲撃で起こされるのが怖いのです。夢の後はすべてが元に戻るから、今は眠るのがイヤ。とくに家《うち》のことが出てくる夢なんかは最悪。見終わると息が詰まるような気持ちになります。眠りにつけることがあっても、夢を見ないように睡眠をできるだけ短くします。むかしはダンス、その次は車の運転を習いたいなと思っていたけれど、どちらも時間が足りなくて、できませんでした。それが今、眠ることを学ばなければならないのですから(笑)。

スイーツ

ボフダナ　キーウ在住、リヴィウ滞在中

今日セヴェロドネツクから列車が到着しました。家族づれがわさわさ乗っていて、車内も文字通り天井までぎゅうぎゅう詰めです。降りてくる避難者が異口同音に言います。「セヴェロドネツクから来ました。すみません、お茶を一杯もらえませんか？」。

けれど、驚いたのはそのことではありません。わたしの心に刺さったのは、彼らが甘い物をとても欲しがっていたことです。小さなカップに大さじ三杯くらいの砂糖を入れます。クッキーがないか尋ねてくるし、カップケーキも一個求めます。ほとんど全員が。

スイーツとは、恐怖を覚える時に食べるものです。次にいつ食べられるか分からないから、カロリーが必要なのです。ミサイルが頭上を飛び交うことのな

СОЛОДКЕ

かった平和な子ども時代に戻りたくて、スイーツを食べるのです。

ここにはセヴェロドネツクもマリウポリもヘルソンも丸ごと満たせるほどの砂糖があるから、とにかくお出でよと、言ってあげたい。

СОНЦЕ

太陽

ニーナ　コノトープ在住

戦争が始まって間もないころ、目一杯泣くだろうと思っていました。だってわたし、泣き虫ですもの。けれど、ここへきてからっきしダメなんです。待てど暮らせど、涙が一滴も出ません。泣いたのは一回だけです。長いシェルターでの生活のあと、戸外に出ると、陽が燦々と降り注いでいます。一気に涙が溢れましたよ。徒歩でアパートに向かいながら、本当に泣いているのか、ただ涙が流れ落ちているだけなのか、自分でも分かりませんでした。

СПІВ

歌

オリハ　ザポリージャ在住

音楽学校で暮らすのって、素敵じゃない？　歌うことが好きなの。砲撃が終わるのを地下室で待っている間も、ずっと歌っていたわ。口に出して歌うと周りも一緒に歌ってくれるから、気持ちいいわよ。周りが疲れてくると、独りで口ずさむの。そっと心の中で、静かにね。歌も歌詞もみーんな思い出せたんだから。思い出している間は眠くならないのよね。眠るのが、怖いからね。

記事

ユーリャ　キーウ州コツユビンスケ在住

小売りチェーン店のＳＮＳ担当マネージャーを務めていた頃は、コピーライティングが仕事の中心でした。けれど、二月二四日以降は「記事」に特化するようになりました。

「記事」とは、たとえばわたしに電話がかかってきて「同僚のセルヒーが亡くなったので、誰かがお悔やみの言葉を述べないといけない……」と告げられた時に書かれるものです。「記事」とは、それを書くために、亡き同僚イリーナの娘さんと言葉を詰まらせないように注意しつつ電話で話をしなければならないものです。また「記事」とは、ブチャで拷問に掛けられ虐殺された二〇歳の同僚ドミトロ君について、二、三段落を打ち込んだところでキーボードを涙でびしょ濡れにしてしまうことでもあります。「記事」とはすなわち追悼記事

CTATTЯ

です。けれど、わたしたちは「追悼」の二文字を口に出せないから、「記事」と言うのです。

こうして、誰かがわたしに電話をかけてきて、「書いてほしいものがあるのですが……」と話を持ち掛ける時、陰鬱な心持ちで次に出る言葉を待ちます。「投稿」とくれば誰も死んでいないし、「記事」と言われた日には気を取り直して、すでに久しく見つからなくなっている適切な言葉を探し始めます。「記事」を書き終えた後の少なくとも一昼夜は、生きた心地がしません。もう七本の「記事」を自分のポートフォリオに入れています。

ТАБЛИЧКА

立て看板

オレーナ　ブチャ在住

アリーナね。戦争が始まる二カ月前に彼女がホストメリにアパートを購入するまで、わたしたちはご近所同士でした。建物の前に丸々一〇〇平米の芝生があることを、とても喜んでいましたよ。「アパートの修繕が済んで、暖かくなったら、皆でバーベキューをしにいらしてね」。そんな話をしていましたっけ。

それが今となってはこう言うんです。「わたしの家は少しでも残っているかしら。「当一〇〇平米、私有地につき立入禁止」という立て看板だけになっているのかな?」。

禁句

ТАБУ

サシュコ　キーウ在住

今までだったら、めちゃくちゃウケることがあれば軽々しく「爆ウケ」と言ってみたり、凄《すげ》えなと思うことにはテンションが「爆上がり」だったり、頭に来る時は「爆おこ」していましたよ。何かをすっぽかしたり聞き逃がしたりした日には、「オレ今、戦車の中だから」とうそぶいたりしてさ。

けど、今は言えません。禁句になったんです。

ТАНК

戦車

オレーナ　ブチャ在住

その日、わたしたちは戦車を三回見ました。

一回目は、閉店した自動車整備工場の跡地に足を踏み入れた際、すぐ背後の路地からVの字を塗り立てた装甲車両が一台、突然現れました。わたしと幼い息子、そして五歳と一二歳の娘を連れた女友だちは、生まれてこのかた走ったことのない勢いで走り出しました。大砲でわたしたちを撃ち抜こうと思えば、どんな柵《さく》を隔てても命は助かるまい、と分かってはいましたが。しかし撃たなかったんです。息も絶え絶えにとにかく走り続けましたよ。

市役所前のエネルヘティキウ通りには、二〇〇〇人から四〇〇〇人くらいの、子ども連れの女性と高齢者を中心とした人だかりができていました。その通りと直角に交差する道路を再び戦車と通信車が二台走り抜け、薬局に隣接する中庭に曲がっていきました。

三回目、ロシア軍の戦車は、軍事パレードのようにゆっくりと行進し、砲塔の周りには「解放者たち」が自動小銃を抱えて腰を下ろしていました。ブリヤート人なのか、東洋系の容貌をした女性が一人と、男数人でした。銃口はみな、群集に向けられています。どうしようもない怒りと無力感に、わたしたちは打ちひしがれていました。そこへ突然、息子がわたしの服を引っ張りながら言います。「しぇんしゃがみたいの、もっとたかいたかいして！」。「見るものなんて何もないの、死体が運ばれて行っただけよ」。大きな声で怒鳴ってやりました。

その時、人混みの周りを歩いている私服の軍人ふうの男が、覚えたぞという目付きでこちらをじっと睨んだのです。わたしも同じ表情で睨み返してやりました。喜んでお前たちの墓の上で踊ってやるわよ、というメッセージは伝わったと思います。忍耐強い女ですから、わたし。いくらでも待ってさしあげるわ。

動物

オクサナ　リヴィウ在住

子ども三人を連れた、口座残高が三〇フリヴニャの女性。猫一匹も同伴。

子ども二人と猫二匹を連れた女性。

息子一人とシェルターで拾った犬一匹を連れた女性（いわく「一度捨てられた犬だし、さらに見捨てることはできなかったから」）。

ТВАРИНИ

テトリス

アンナ　キーウ在住

キラキラした希望に満ちた、真っ暗な鉄道車両。あるのは輝度を下げた数十台の小さな画面だけ。全員がニュースを追っているのです。時折、乗客は囁き合い、子どもを寝かしつけ、他人の猫を撫でたりします。みんな家族です。

子どものころテトリスで遊んだのは、こうして一つのコンパートメントに九人の乗客と三匹の動物をうまく嵌めるためだったんですね。

ТЕТРИС

ТИША

沈黙

ウリャーナ　リヴィウ在住

人形劇場が避難シェルターに変わりました。舞台の上もホールも、ロビーにもマットレスを敷きつめました。最初の数日は子どもと動物を連れ立っている人が多かったです。二日間、彼らは朝から晩までマットレスの上でシーンと静まって横たわっていました。これほど多くの沈黙する子どもたちと動物が一つの場所にいるところを、わたしは見たことがありません。

そこから少しずつ、彼らは元気を取り戻していきました。

でもわたしは、あの沈黙を忘れることはないでしょう。怖かったですよ。

身体

ТІЛО

ソフィア　リヴィウ在住

身体《からだ》のことに一番意識が向くのは痛いときじゃないかな？　それがあることを一番感じるから。わたし、自分の国のことを身体のように感じるようになるなんて、考えたこともなかったわ。買物に出かけて、お店の扉に近づき、ドアハンドルを押すだけで、痛みが走る気がするの。どこか何百キロも離れた場所では傷口がパックリと開いてるし、ここでも、あちこちが痛むのよ。

パン生地

二人の女性　ジトミル地方在住

……夏までに痩せようって思ってたのに、今となっちゃ生きるか死ぬかだもんね。空襲警報が鳴るたびに、お腹がぐうぐうって鳴ってるわ。

……あたしもそうやって、パン生地を捏ねてたわよ。飛行機が飛び交う中、ママが電話を掛けてくるの。「はやく地下室に下りなさい！」って。そしたら言ってやるのよ、「それどころじゃないの、生地を捏ねなきゃ！」って。

ТОРТИК

ケーキ

ルカーシュ　ハルキウ在住

ヴェリカ・ダニリウカにいた女性たちのために人道支援物資を届けようとしていました。ミサイルの着弾が頻繁な地域ではあったけれど、地元の女たちは粘り強くて勇敢でした。全員、還暦を超えています。地元では買物がまったくできないから、わたしたちが運んでくるものに頼るしかありませんでした。ある時、こんな訴えを耳にしました。「先日、わたし共のうちの一人が誕生日だったんですよ。支援物資と一緒にケーキを一つ届けてもらえませんか。小さなもので十分ですから」。

遺体

ユリア　ドニプロ在住

わたしたちは避難列車でリヴィウに向かっていました。座席が並ぶインターシティ型の急行列車。わたしたちの近くに座っていた女性は足腰の具合が悪いのか、じっと座ってはいられませんでした。床に何かを敷いてから彼女はそこへ横たわり、衣類やら襤褸《ぼろ》やらを頭まですっぽり被せています。道中気付いたのですが、わたしたちの車両が比較的空《す》いているんです。途中の停車駅で一服しにホームに下りたとき謎は解けました。乗客は、わたしたちが遺体を搬送していると思って、寄ってこないわけですよ。

ТРУП

しっぽ

XBICT

ターニャ　ハルキウ在住

今日、歩きながら一人で笑っている女性とすれ違いました。通り過ぎるなり、わたしは自ずと彼女の後を振り返りました。まるでそこに魚のしっぽか何かが付いているかのように。まるで彼女に何か問題があるかのように。

ЧИСЛА

数

イリーナ　セヴェロドネツク在住、電話越しに話す

ただ数えてご覧。いい？　一緒にやってみようよ。イーチ、ニーイ、サーン……いや、もっとゆっくり、もう一度やってみるよ。急がないで。イーチ、ニーイ、サーン、シーイ、ゴーオ、ローク、シーチ……ほら見て、もう大丈夫でしょう？

林檎

アンナ　キーウ在住

その夜わたしは、戦争が始まって以来最も大きな爆発音を繰り返し耳にしながら、毛布やら枕やらをめいっぱい放り込んだ浴槽の中で眠りにつこうとしていました。

その昔、わたしは燃えるような恋をしました。初めてカルパティア山脈にある山小屋に二人で出かけていくと、秋はもう深まっています。浴槽と大して変わらないほど寝心地の悪い屋根裏部屋のベッドの上で二人一緒にうとうとしながら、わたしは耳を傾けていました。庭中《にわじゅう》の林檎の木から、果実が一個また一個、地面に落ちてきます。熟《う》みきった大きな林檎が夜通し、測ったような間隔で、とすっ、とすっ、と落ちてきます。わたしは幸せでした。

そして現在、わたしは爆発の音を聞きながら眠りにつこうとして、林檎の音を聞いたのです。庭の林檎の実だけがわたしたち皆のもとに落ちてくればいいのに、と心から思います。

ЯБЛУКА

訳 注

11頁　SS　ナチスの親衛隊の略称．稲妻形の「SS」の文字をシンボルマークとしていた．

16頁　ゴヤ　画家のフランシスコ・デ・ゴヤ(1746～1828年)．

20頁　ストップ・ゼムリャ　2021年公開のウクライナの青春映画．

32頁　コリャドカ　ウクライナで歌われる伝統的なクリスマス・キャロル．

68頁　リュボウ　ウクライナ語で「愛」という意味．

68頁　ミウォシチ　ポーランド語で「愛」という意味．

70頁　コンブレー村　マルセル・プルーストの長編小説『失われた時を求めて』に登場する架空の地名(モデルとなったフランスの町は，現在イリエ＝コンブレーと改名)．主人公は紅茶に浸った一片のマドレーヌの味から，コンブレーで過ごした幼少期の記憶を瞬時に蘇らせる．

78頁　片脚はこちらで，もう片脚はあちら　突然に思いがけないことが起きることを表すことわざ．「足元から鳥が立つ」に類似．

戦争のなかの言葉への旅

ロバート キャンベル

一

列車から、プラットフォームに降り立つ
——行き交う人々と言葉

二〇二三年二月一〇日、オスタップ・スリヴィンスキーさんと初めてモニター越しに話し合った冬の朝、その声には複雑なものが混じっていました。前へ進もうという強い意志とは裏腹に、一年の間に溜めざるを得なかった疲労と先々への不安、戦争開始の日を振り返った瞬間にはしる一種の恐怖にも似た感情を聞き落とすことができませんでした。侵攻が開始された当時の報道を読み直すと、二〇二二年二月二四日のリヴィウでは未明から空襲警報が鳴り、「夜が明けるに従っておおかたは当惑した表情である。眠くて眼をしょぼしょぼさせながら家から表に出ると人々は銀行のＡＴＭや店の前で行列を作り、さしあたり必要となるものを入手して嵐が去るのを待つ態勢を取ろうとしていた。ほとんどの店はドアを閉め、タクシーも休業、誰ともなくあらゆる人々はテレグラムに流れてくる嘘とも本当ともつかない動画に釘付けだ。ロシアの戦闘機が大音量を立て都市の上空を飛び交い、ロシアが発射したミサイルが次々とビルに激突する映像である。ホテルは空っぽで、宿泊客はホテルをあとにしてウクライナ国内にいる家族の許へと足早に向かったのであった」（An Ancient City Transformed by War, *New York Times*, 二〇二二年三月二一日配信)。その日を境にして七二万人を数える中核都市の人口は、戦火を逃れ鉄道とバスと自家用車を使って怒濤のごとく流れてきた人々によって一気に膨れあがりました。前線に向かう大量の武器と人道支援物資が西から東へと運ばれるのと逆に、数百万人の避難者は短時間にリヴィウに降り立ち、留まり、街を変貌させたといいます。

その日々の記憶を語る際、オスタップさんは古い地図を広げ、やおらに街を案内するような口調で話してくれました。

「私の街、私を生み育てたこの街の変化が激しすぎて、顔が分からなくなってしまったんですよ。以前はぶらぶら歩いていると、必ず友だちやら同僚には出くわしたし、自分のコミュニティにいる感覚がはっきりあったというか、逆に街自体が私のコミュニティになっていました、自分自身のスペースに思えたものでした。それが突然、他人のスペースに入れ替わってしまったんです。過密で、それぞれ違うタイプの人間たちで溢れかえっているから、数時間歩いていても一人として知っている顔に出会いません。私にとってまったく未知の体験でした」

彼は、パーソナルな記憶と活動に充ちた街並みとの豹変ぶりに強烈な疎外感を抱いたようです。一方、たじろぐほどの違和を抱えながら、それをきっかけに行動へ一歩踏み出す契機もつかんだという話を、この時に聞くことができました。

「爆撃の爪跡もなく、外形上、昨日と何ら変わらない平和で美しい景観のなかへ投げ込まれた人たち、カオスにおちいった彼らだけが浮き上がっていたようなイメージです、か」

「そう、観察していると彼らの中には本当に混乱している人がいて、街角に立ち尽くしたり、携帯で必死に何かをずっと探していたり、すれ違った人に情報を求めていたりしていました。けれど一方では、まるで週末にぶらっと遊びにやってきたような雰囲気でインスタ映えしそうな名所の写真をパチパチ撮っているツーリストふうな人もいました。ほとんどの店がシャッターを下ろしているのに晩飯に旨いものでも喰おうか、みたいな具合に。

観光客のように振る舞っている避難者の姿には呆れかえりました。初めて目にした瞬間、不謹慎極まりない輩《やから》だと思いました。けれど、少し冷静に考えると、一番危険な激戦地からぎりぎり逃れてきた彼らの権利も認めないわけにはいかないな、と思い直しました。実際にどんな体験を越えてきているかも分からないし、分からなければ彼らの行いを見とがめる資格だって私にはないはずですから。あのように振る舞うことしかできないのかもしれないし、となれば、私自身は、見守ってあげるべきなのだ、と」

路上に充満する避難者たちがかもし出す異常な不安定から、逆に自分自身の姿を照射するレンズを手に入れたように、わたくしは感じました。どやどやと土足で他人の領域に駆け込み、呆然とする「権利」。受け入れがたい状況を前に、オスタッフさんは積極的に動こう、つねに行動していこう、という思いに衝《つ》き動かされていたようです。アサイラムに塗りかえられた街のどこかに、己の居る空間を見つけなければ、という焦りもあったでしょう。

「それがきっかけで、困った人たちの支援に乗り出したわけですか」

「いえ、その前にまず軍に入隊しようとしたんです。想像つきますか（笑）。入隊案内所（en-listment office のこと）の前に行列ができているのを見たことはなかったけれど、その日は長蛇の列。誰も彼もが応募しようとしていて、案の定、私は不合格となってしまいました。そうなれば、銃を持つことは後にして、とりあえず自分がふだんからやっていることに専念すれば良いのでは、と覚ったわけです。「ふだんから」とは言ったけれど、ふだんと変わらないことを工夫しつつ、いっそう力強く懸命にやり抜く心持ちが大事ですよね。私ができることといえば、人々に対する基本的なケアを差し出すこと、と同時に、彼らの話をよく聞き、書きとめるという具体的な行為が浮かんできました。そのスキルなら間違いなく持ち合わせているし、ミッションという大げさなものではないけれど、前線から降り立った人たちのストーリーを記憶、できれば記録することがすごく大事な仕事だなと気づいたのです。その経験自体が、そして経験を語ることも新鮮なはずだから、逃すまいと動きました」

成田空港からおよそ一五時間、ロットポーランド航空のフライトで飛行機はワルシャワ空港に到着しました。ワルシャワ空港からは、ジェシュフ空港へと向かいます。ポーランド南東部に位置するジェシュフ＝ヤションカ空港は、従来貨物便のほかロンドンやマンチェスターなどを往復する格安フライトで使われ、休日に離着陸で混み合うような小さな飛行場でした。ロシアによるウクライナ侵攻以降、国境まで八〇キロという短距離に加え、高速道路で国境検問所につながり、ウクライナ鉄道へのアクセスも良好なので、ウクライナに大量の武器と支援物資を送るための拠点に様変わりしています。区域が狭いわりに貨物を運ぶ大型機材の利用を見込んでの長い滑走路も幸いしたらしい(How a Tiny Polish Airport Became a Key Node for Western Aid to Ukraine, *Defense One*, 二〇二三年九月一一日配信)。西側からウクライナに向けられた武器など軍事援助の八割はポーランドを経由し、その多くはここジェシュフ空港から輸送されています。二〇二二年の三月、アメリカ合衆国は、この空港にパトリオット地対空ミサイルシステムを数基設置したのでした。今度はわずか三〇分のフライトでしたが、機内では赤スグリジャムの入ったとても美味しいコッペパンを食べながら、雲一つない夏空の下に広がるポーランドの農業地帯をずっと眺めていました。

ジェシュフ空港から国境のプシェミシル駅まで車で一時間程度。ポーランドから帰省中とみられる女性と子どもがほとんどの乗客らとともにプシェミシル駅で出国手続きを済ませた後、ウクライナ鉄道に乗り換えるのです。行き先は、国境から約九〇キロにあるリヴィウ。ゆっくり揺られて五時間ほどかかる鉄道の旅です。

一般車両の四人が入る扉付きボックスシートには、リヴィウの私立大学に通う女子学生が一人。アンナさんといって、亜麻色の長い髪をドレッドヘアに編み込み、白いTシャツの上に麻生地で生成色のさっぱりしたオーバーオールを引っかけた姿、背中にはリュックサック。車両には彼女とわたくしの二人だけで、大きなスーツケースを頭上の寝台に上げた後に「こんにちは」と言葉をかけてみました。ネイティヴスピーカーに近い英語なので話が弾みます。彼女にはワルシャワで働いている彼氏がいて、彼のもとに月に一度、自分が住んでいるリヴィウから通っているとのこと。戒厳令が布かれて以来、一八歳以上の男性は自由に出国できないですから、戦争前に働きに出ていったのかもしれません。お互いに行き来を始めたころ、彼女はポーランドへ行くと、いつも空気が軽くなると感じていたと言う。街の様子などが、一見同じように見えても、リヴィウにある空気の重さ、圧迫感がない。最初のうちは、そのことに戸惑い、とても動揺していたそうです。

それでも、よくよく聞いてみると、逆にこの頃は、危険はともなってもリヴィウに戻る際に安心感のようなもの、深い解放感を覚えるようになったと言います。

「どうして、そのように感じ方が変わったのでしょうか」

「はっきりとは、わかりません。自分でも、そのような変化を感じたことに、初めはとても驚きました。それでも、リヴィウが、家族や大学の友人が近くにいる場所だというだけではなく、自分が必要とされている場所だからなのかもしれません。以前は、学業を終えたら、外国に住んでキャリアを積むことをイメージしていました。でも、その考えは変わりました。今のウクライナにとって、外国の企業や外国の人々からインスピレーションを得ることは、とても重要です。社会として、よくしなければいけないことが沢山あるのです。だから卒業後の進路を考え直すことにしました」

なぜ彼女は、そう考えるようになったのでしょうか。何かに引き付けられるような感覚なのかもしれませんし、愛する人から離れて危険な場所に置かれる不安があるからかもしれません。でも聞いていて、彼女の深い根っこへとつづく実存的な部分にふれた気がしました。

途中のモスティスカ駅で、わたくしはパスポートを検《あらた》められました。

西から東へと列車が走っていくにつれて、車窓には集落が増え、豊穣な農業地帯の中に工場や学校、小さな病院がまばらに現れては流れるといった、なだらかで平和そのものの景色が広がっていきました。

気温は二六度と暖かい。雲が点々として、車窓から眺める青空はどこまでも続いています。雑木林から牧草地に進み、開けたあたりから豆の木、トウモロコシ、油菜、小麦などの作物が育つ広大な畑が目に飛び込みます。リヴィウから西一〇キロほど郊外の住宅地ルドネまで来ると住宅地は線路の脇まで迫り、家々のバックヤードには滑り台、ガーデンチェア、家庭菜園などが夕陽に照らされ、小ぎれいに並んでいました。列車で走りながら、この国が向かい合う困難よりも、いま住んでいる人々の営みが間近に初めて見られ、不思議と懐かしいものを覚えたのでした。きりきり頭の後ろを回っていた不安な気持ちも、かなり鎮まりました。

二〇二三年六月五日、こうしてわたくしは、リヴィウ駅のプラットフォームに降り立ちました。住み慣れた家を離れ、家族とも別れ、多くのものを失った人々、夥しい避難者たちが列車から降りて最初の一歩を踏み出したところ、それがリヴィウ駅のプラットフォームなのです。欧州各地の中央駅舎にあるような、かまぼこ型の鉄骨屋根に磨りガラスを嵌め、影ひとつ作らない拡散した光を降り注がせていました。駅でNHK仙台放送局のクルーと合流しました。彼らは機材を積んだ車両に乗っての陸路での移動でした。現地コーディネーターのアンナさん（車中の女子学生とは別人）と一緒にホテルへ。戦後に建てられたそのホテルはたいそう大きく、情緒のかけらもない、これぞソ連時代の遺物といった風情ですが、ウェブサイトのいちばん目立った場所に堅牢そうな地下シェルターの写真が載っていたので迷わずそこを予約しました。部屋は最上階。窓を開けると鬱蒼とした大きな公園が眼下に見下ろせます。荷物を下ろし、みんなと一緒に夕食へと繰りだします。アンナさんのおススメは旧市街にある、ウクライナと同じ黒海に面した南コーカサスのジョージア料理を出すお店。初めて知ったけれども、どれもすこぶる美味しい。大きな巾着の形をした水餃子をフォークで開けると詰められた羊肉とキノコが熱々の肉汁といっしょに迸《ほとばし》ります。野菜の煮込みは甘く、大きな無垢板に盛られ運ばれてきたグリルのお肉は祭壇のごとく囲む人を沈黙させんばかりの威容でした。ジョージアはワインの名産地で、お酒が飲みたい。ウクライナでは夜九時までしかお酒が販売できず、一二時以降は外に出てはいけないので、ワインはまとめて二本を注文しました。ムツヴァネ・カフリという薄い橙色の白は、白桃やアンズなどのドライフルーツのような香りを放ちフレッシュ。揺らせば限りなく黒に近い赤色がグラスを染めるバダゴーニは、タンニンの渋みとブラックチェリーに似たほのかな甘味が相まってお肉をどんどんすめさせていきます。

リヴィウに着いたその日、真夜中の二時三六分でした、いきなり空襲警報が鳴り渡り、続いて日本の防災行政無線と同じく、避難を指示する女性の太い声が大音量で響きました。ガバッと起き上がり、真っ暗な窓を開けて外を見ると、広大な夜空には鳥も鳴かず、女性の重なり合う声以外には不審な音も光もなかったから、慌ててエレベーターに乗り他の宿泊客と一緒にホテルの地下シェルターに移りました。空襲アラートの情報サイトによると、全国で同時に発出されたもので、首都キーウではすでに砲撃の報告ありと。車窓から眺めた穏やかな昼間の光景、夕刻ゆったりと堪能した美酒とは打って変わっての緊張と沈黙、長い夜になりました。

シェルターで出会う人はほとんどが外国人でした。国際協力機関で働き視察に訪れたオーストラリア人女性からは、緊急事態研修を受けてきたか、と聞かれ、個人なのでそれはないと答えると、夜中に避難する際に注意すべき点や準備するものについてレクチャーしてもらいました。部屋を完全に消灯しないこと。ベッド脇に履きやすい靴を揃えて、その横に貴重品と水、食料品、それにモバイルルーターを詰めた持ち出し袋を置いておくこと。帰国する日までこれを守り、かなり役に立った助言となりました。

未明の四時一一分、地下シェルターからバッテリーを取りに部屋へ戻った瞬間、防災無線が再び響いて、空襲警報の解除を告げました。昼間は仕事や学校、夜はシェルターに避難の日々を繰り返すという市民たちの苦労が、少しだけ実感できました。列車の中で話をしたアンナさんも、どこかのシェルターで朝までを過ごしたのでしょうか。

「ロバートさん、こんにちは」

「お会いできて嬉しいです。リヴィウで、あなたの生まれ育ったこの街で会うことができてホッとしています」

「光栄です。お元気そうですね」

着いたその日もそうでしたが、夏の空からは時折、やさしい雨の降ることがありました。小雨が止んだ中心街の路上に立つと地層のようにいくつもの時代が足元からせり上がり、うねりながら重なっているように感じます。リヴィウは、遥か昔に大陸のステップ地帯を乗り越え、キーウを滅亡させ、西へと邁進したバトゥ・ハン率いるモンゴル軍が支配した長い歴史を持ちます。ハールィチ・ヴォルィーニ大公国の一市街として開かれ、土着貴族のダヌィーロ王が息子の名前を付して大公国の首都として建設させたのは一三世紀のことでした。以来、中央欧州の要衝となり、カルパティア山脈への入口でもあり、地の利が良いことから領土権を何度も争われ、帰属変更を余儀なくされてきました。流入と拡散を繰り返す人口構成もしたがって多様。ポーランド、ロシア、リトアニア、アルメニア、ユダヤ人種、クリミア・タタール族などといった具合に、多民族国家として知られる現在のウクライナの中でも、もっとも重層的な民族構成になっており、時代ごとの陰翳の深い独自の生活文化を打ち出してきました。

オスタップさんと一緒に、中世のアルメニア系商人が賑わせたという美しい寺院の門前を歩きました。寺院を左手に、鈍色に濡れたゆるやかな石畳の道を上っていくと行き止まりとなり、どん詰まりにはやはり数百年前に修道院として建てられたという赤茶けた建物が一軒建っています。手前の路上には白いシーツを屋上からぱらっと落としたような大きなパラソルが点々と立てられています。パラソルごとに小さな丸テーブルがあり、飲み物を片手に話す人々の肩を寄せ合っている姿が目に入ります。建物の中に入ると、カフェ席は客で賑わい、ガヤガヤした空気を抜けて奥まで歩くと、ソ連解体後、独立宣言をする九一年以降に初めて開業したという現代アート・ギャラリー「アートセンター・ジガ」が、ずっと先の方まで、黒く塗られたかまぼこ型の天井に覆われ広がっていきます。スターリン時代の大粛清から延々禁止されていたジャズ音楽の生演奏もここでいち早く復活され、ソ連時代に少年期を過ごしたオスタップさんとその仲間にとっては、はばかりなく時代に切り込める自由な表現空間として欠かせない拠点であり続けているらしい。

開催中の企画展は友人でもあり、リヴィウ出身のドイツ系ウクライナ人アーティスト、ジガの創立者の一人でもあるヴロトコ・カウフマンの絵画シリーズ「温度《テンペラトゥーラ》」が架かっています。灰色の深くあいまいな影が射す空間を背景に、茶色に熟れた大きな洋梨とも見える果物が白い平面の上に密集しています。その間を同寸の艶ある漆黒の羽を閉じたり広げたりしながら、木から落ち傷ついたらしい梨たちを啄むのでもなくひたすら凝視しているように見えるカラスを配置。横へと繋がって伸びるパネルに仕立てられた一個一個の梨の表面には、腐乱してできた傷とも人の眼とも言えそうな印しが描き込まれています。

テラス席でエスプレッソを注文し、お互いの近況を伝え合った後、オスタップさんの案内のもと、私たちはふたたびリヴィウの古い街並みのなかを歩きました。旧市街と呼ばれる区域には、一六世紀の建築要素が多く残り、路面は古い石で舗装されています。街全体について言えることですが、外壁の修理も補修も十分になされていません。観光客が集まる欧州の主要都市では私有地であれ、歴史的建造物に対して公的資金が投入され、景観を保っています。リヴィウではそうはいかない財政事情もあり、何よりも戦地と化した国土自体の保全と復興が急務なこの時期に、街並みの美化を望むこと自体、無理なのかもしれません。特有の歴史的景観であり、平和と富に恵まれた他の地域にも負けないくらい豊富な建築遺産がここにはあるのですから、いっそう戦の終わる日が来ることを願いたい。

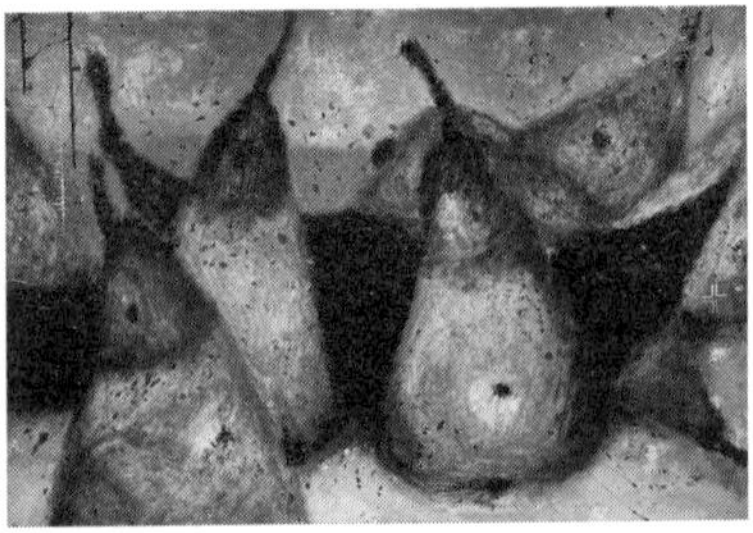
ヴロトコ・カウフマン作「温度」

アルメニア大司教の宮殿は、一四―一五世紀の創建とのことです。中庭に入ることができました。足を踏み入れた途端に、静謐な空気に包まれ、心がとても穏やかになる場所でしたが、残念ながら、建物の美しい窓の多くは、砲撃への対策としてコルクやレンガのようなもので覆われていました。補修の欠亡といい、ミサイル着弾の養生といい、そこにもウクライナのいまの状況が現れていました。

石の路面を歩み、各時代の様式と意匠を凝縮させた数々の美しい建物をめぐった後で、私たちは、ある古い教会にたどり着きました。

「ここは聖ペテロ聖パウロ教会と呼ばれる、リヴィウ最大級のバロック教会です。建物は、一七世紀バロック様式です。この教会は、現在、軍事教会として使われています」

「軍事教会とは、聞きなれない言葉ですが」

「ここの神父たちの主たる義務は、兵士たちの魂を支えることなのです。前線へ向かう兵士や、リハビリのために戻ってきた兵士など、彼らが精神的支えを求める時は、この教会に来て、神父たちと共に祈り、祝福されるのです」

「前線に出発する前に祈りを……」

「はい、前線へと出向く前に。そして亡くなった後もここへ運ばれます。兵士としての人生の始まりと終わり、そこにあるのがこの教会なのです」

荘厳で昼の光に満ちた教会の中に入って、わたくしが眼にしたものは、中央の祭壇から左に控える側廊。壁伝いには、この地域出身で戦死した男たちの顔写真を貼った長いパネルが立てかけられています。数百名は下りません。その足元には、成人した立ち姿のイエズスキリストと、幼い神の子を抱くマリア様の絵が一枚ずつ、周りの大理石の床には赤い刺繍が施された白い布が敷かれ、その上に空から降って彼らの命を断ち切ったという炸裂弾の塊やら弾丸の殻などが無雑作に置かれています。写真パネルの向かい側の列柱には、十数名の戦争遺児となった少年少女たちの肖像写真が飾られて、その下に彼らの短い言葉が綴られています。イリヤ君は一一歳、「僕は、英雄のお父さんみたいになるようにベストを尽くします。お父さんの名誉のためにも」。ズラータさんは七歳、「戦争なんか起きなければよかった。父さんは死ななくても済んだでしょう?」。ザハール君は六歳、「お父さんが住んでいる雲に届く路面電車を作るのが夢です」。

わたくしはその場で眼を上げて、ハッとしました。白い紙で折られ、天井から紐に連なり吊されている多くの鳥たち。鳩くらいの大きさでしょうか。瞬時に日本の折り鶴と重なり、感極まって、立ったまま思わず涙しました。

聖ペテロ聖パウロ教会の折り鶴

まさに鶴、鶴の折紙でした。教会の天井から吊り下げられた鶴は、微かに揺れています。「この鶴は前線で亡くなったウクライナの兵士たちに捧げられたもの」とオスタップさんは言いました。「ウクライナには亡くなった方に対して、あるいは何かを祈願する時に、折り紙をつくる習慣があるのでしょうか」というわたくしの質問には、「必ずしもあるとは言えません。習慣というよりも、この頃、時々目にします」と答えてくれました。数日後、買い物客で混み合う大通りを一人で歩いていると、横丁の壁に長い壁画が描かれていることに気づき、入ってみると荒涼とした激戦地の状況が絵巻物のように延々と流れていました。途中には、集中攻撃を浴びせられているマリウポリ周辺から逃れようとする夜の車列が描かれています。この絵は、二〇二二年五月中旬、『戦争語彙集』「結婚式」にも登場する、包囲中のマリウポリから地雷原を縫いながら西へと避難した二万人以上の住人たちの恐怖の体験に取材しています。「結婚式」でも語られますが、車のサイドミラーには「無抵抗」を意味する白い布が結ばれ、その車列を横切るように五羽の紙飛行機にも似た折り紙の鳥たちが空低く飛んでいました。漠然と平和を祈る鳩ではなく、この時点においてすでに殺され街に残さざるを得なかった数千人の魂を鎮めるための鶴、と考えたい。

しかし具体的に、どうして鶴の折り紙がここにあるのか、その理由を突き止めることはできませんでした。それでも、折り紙の鶴の光沢のある白さがわたくしの眼にいつまでも残りました。後でオスタッフさんは思い出したようにわたくしに言いました。「確かに、小学校では広島で被爆した佐々木禎子さんのことを学び、『サダコは生きたい』も読んでいましたよ。千羽鶴のことは、同世代のウクライナ人であれば誰でも知っているはずです」と。

リヴィウ市街の建物に描かれた壁画(部分)

それから、オスタッフさんとわたくしは、リヴィウ駅に向かいました。侵攻の翌日から、オスタッフさんは、街へと流れ込む何万人という避難者たちの支援に乗り出したのは前にも述べた通りです。ボランティアとして、戦火を逃れてリヴィウ駅にたどり着いた人々を迎え入れ、分宿をさせ、食料品などを配り、市販薬も飲ませていたのです。仲間たちと共に支援するかたわら、一人ひとりから、追われた故郷の景色や大切な記憶などを聞き取り、夜は自宅に戻ってから、その日に得た証言を丁寧にまとめたのです。まさに、ここは『戦争語彙集』が生まれた場所なのです。

「いま私たちは、プラットフォームに立っています。そのころとは全く違う様子ではないかと想像します。音もにおいも」

「そのとおりです。全く違います。当時の光景が悪夢のように残っていて、いまだに現実だったとは思えません。大混乱でした。困惑し、ストレスを感じている人が大勢いました。そのほとんどが、何をしたらいいか分かっていませんでした。どんな情報でも、どんな援助でもいいから欲しいという状況でした。侵攻直後の数日間、私の仕事は、情報を提供すること、人々が行くべきところへの行き方を教えることでした。私は、到着した人たちが最初にプラットフォームで会う人間の一人だったのです。かなりストレスを感じる仕事でした。すべてを大急ぎでやらなければならなかったからです」

二月にモニター越しで語り合った時に気づかされた、オスタップさんが当初に抱いていた強い違和感と、その後に行動へと転換した当時の心境を思い出しました。意欲を掻き立てられ、渡航を決意した数カ月前の自分の姿も、そこに重ねてみました。

「避難者たちが列車から降りるときに、手助けなどもされていたのでしょうか」

「沢山の人たちがお互いに助け合っていました。重い荷物を持った人や、ステップから降りようとしている人が、誰にも助けてもらえないという状況は想像できないような。ここでの助け合いは完璧でした。そのことを、とても良く覚えています。非常に多くの人がお互いに協力し合っていた。一緒に仕事をしたボランティア仲間たちのことを、実はよく知りませんでした。でもここですぐに知り合いになりました」

「すぐに」

「すぐに、ここで。このプラットフォームで。仕事を分担し、連携して活動するようになりました」

「最初の数日間のリヴィウ駅の印象はどうでしたか。争いごと、揉めごとなどはなかったのでしょうか」

「攻撃的な様子などは記憶にありません。人々は、ナーバスになっていたにもかかわらず、まったく攻撃的ではありませんでした。あったのは、爆撃の恐怖と将来に対する不安だけでした。みんな、自分以外の他人を恐れてはいませんでした。お互いを信じていました。そうしたオープンさと、自信と信頼とは非常に驚くべきものです。それはとても大切なものでした。人間の本質の異なる面の発見です。オープンになって、ぜんぜん知らない人を信頼する能力。他人である私に子供を預けたり、子供たちと遊ばせてくれたりもしました」

「子供の世話をさせるなんて、とても考えられませんね」

リヴィウ駅のプラットフォームに立つオスタップさん

「私は全くの他人でした。それなのに私を完全に信頼してくれたのです。異常な状況だったので、そうするほかなかったのかもしれませんが。でも全体の雰囲気が、信頼と自信とに満たされていたのです」

「列車に乗ってきた人々は、女性や子供が多かったと想像しますが、性別や年齢はどのような構成でしたか」

「ほとんどが女性、子供、高齢者でした。迷子になった子の名前を叫びました。その子に関することで分かっていることがあれば、それを何度も繰り返しました。もちろん、迷子の親を見つけることができました」

「駅舎は、プラットフォームからやってくる人であふれていたのですか」

「そうです。人々は駅の中にもいました。バッグやスーツケースに腰掛けていたのを覚えています。沢山の荷物を持ってきていたのです。動物も沢山いました。すべての家族が何らかの動物を連れていたという印象があります」

「わたくしにはそれが驚きです。独特の状況ですね」

「普段は室内で保護されていますからね。多くの家族とその持ち物を目にしました。そうしたものを普段は目にすることができない。家の中に隠れていますから。戦時下の状況では中にあるものがすべて外に出ます。日常生活の別の側面を観察することは、非常に興味深いことでした。秘めていたことまで、まるですべてが陳列されていたかのようでした」

「戦時下の状況では中にあるものがすべて外に出ます」というオスタップさんの言葉に、わたくしは強い印象を持ちました。戦時下では、それまで個人に属することとして表に出されてこなかった多くのものごとが、表へと出されてしまうのです。おそらく最初に起きることは、私的な領域と公的な領域の境目が破られることかもしれません。「シャワー」でも

「稲妻」でも「きれいなもの」でも取り沙汰されている、もっとも親密な身体《からだ》のことが思い出されます。一方、戦争の前に夫を亡くし一人で身を守らなければならない女性が「手紙」で語るように、もっとも個人的な記憶や感情に深く下りていく契機を砲撃と逃走の間に獲得したという人もいるでしょう。

「もう一つ私が観察したことは、列車で移動した人たちの環境がとても悪かったことです。ほとんどすし詰め状態で、短い距離を移動するだけのために、二日も三日も列車の中に閉じ込められていました。線路が壊されたりして、どこかの野原の真ん中で動きが取れなくなったりしたためです」

「列車のなかには、水も食料もなかったのですか」

「とても厳しい状況でした。でも私が感じたのは、厳しい状況を一緒に過ごした人たちが友人になっているということでした。同じ街から来た人や、近所に住んでいた人を探し合っていました。自分たちの家や通りがどうなっているかを現在進行形で話していました。まるでそこにまだ住んでいるかのように。ハルキウの北に住んでいた人たち同士の会話を耳にしたのですが、破壊の状況に関する情報をお互いに交換していました。まず思ったのは、この人たちが非常に冷静であることで、まるで普通のことのように話していました。そして、これも現在進行形でした。まだそこにいるかのように。私はその頃、すべてのことが現在進行形で起こっているという印象を受けていました」

「あなたの目の前で」

「ええ、私の目の前では。過去もなく、未来もなく、すべてがここにあったのです。人々が考えることができたのは、明日のこと、長くても明後日のことだけでした。「今」という時間が他のすべてを圧倒しているように感じたのは、私の人生の中で初めてのことでした。ジャーナリストたちが来るようになり、インタビューをして、記事を一カ月後に出すと聞いた時には、なんだか滑稽な感じがしました。私にとってそれは少しナンセンスに思えました。一カ月後に何が起こるかを予想することなど、とてもできなかったからです。一カ月後に発表することに意味があるのかとも思いました。これが、そのころの私の心の状況です」

「あらゆることが現在進行形、すさまじい速さで動いていたので、ある意味で、「過去」の経験から引き出せるものなどなかった。すべてが目の前で起こっていたから」

「宿命的でこの世の終わりのような状況でしたが、私たちにはとても小さな仕事が与えられていました。小さくて、物質的で、日常的な仕事でした。とても緊迫した状況なので、他のことを考える時間はありませんでした。そのことが非常に助けになりました。駅での長時間の労働のあとに、夜遅く自宅に戻ってから、自分に何が起こったかを認識し始める時のほうが、むしろつらかったです」

「ここでボランティアとして働いて、仕事が終わって家に帰ってから、自分の感じたことをメモとして書きとめるようになり、それがあなたの『戦争語彙集』になった、ということでしょうか」

「人々のストーリーに注目して記憶するようになったのは、外のテントで食料や飲み物を配る仕事をするようになってからだと思います。プラットフォームで働いて一週間ほどたってから、テントで働きはじめました。テントでの最初の私の仕事は、カフェからお湯をもらって魔法瓶がある場所まで運ぶことでした。カフェのオーナーもスタッフも、あらゆる意味でとても気前が良かったです。一日のうちに十数回は往復しました。私たちはコーヒー、ココア、紅茶などを作っていました。お菓子も配りました」

「お湯は体の内側から温めるので、とても貴重だったでしょう」

「温かい飲み物を飲んで甘いものを食べると人々は気分が良くなります。変化は目に見えます。人々がリラックスしていく様子や、気分が良くなっていく様子が。そうすると、ストーリーを共有してくれたり、話しかけてくれたりするようになります。私が一番幸せだったのは、それまで笑わなかった人が笑っている顔を見た時でした。テントの周りでは、プラットフォームにいた時よりも、物事が少しゆっくり動いていて、緊張感も強くありませんでした。人々と話をする時間が、もっとありました」

「プラットフォームで働いていた時に比べれば、人々はもう少しリラックスするようになった。これからどこに行くのかが想像できて、少し地に足が付いたように感じていた。だから雰囲気が違ってきたというわけですね」

「だんだんと長い会話ができるようになっていきました。人々についてもっと知る機会ができたのです。自分の町のこと、家族のこと、子供のことを話す人もいました。その時期から、証言を集め始めるようになりました。一番大切なのは、個々のストーリーと、一人ひとりの個人が結びついていることだと思います。全体の状況は私にとっては、ほとんどの場合、存在しません。人々のなかの個人であること、その人の顔に意識を集中していました。顔と雑談とが、私が覚えていることです。全体の状況ではありません。初めのうちは頭の中で覚えているだけでしたが、次第に帰宅してから夜に自分のノートや、ノートパソコンに書きとめるようになりました。でもその時にはどのようにして発表するのか、アイデアは全くなかったのです。『戦争語彙集』として発表するというアイデアは、避難所のボランティアをしている時に思いつきました」

「リヴィウ駅を離れてからなのですね。ここにはどのくらい居たのですか?」

「二週間くらいだと思います。移動したのはとても自然な流れでした。どんどん避難所が整備されて、運営を手伝う人が必要とされていたからです。私も、ここにいた沢山のボランティアの人たちも、避難所に行くことになりました。どの避難所に行くのかは自分で選ぶことができました。『戦争語彙集』のほとんどのストーリーは、私がその後、避難所で聞いたものです。でも「ココア」「マドレーヌ」「スイーツ」の話は、隣の赤十字の医療テントでボランティアをしていたボフダナさんから聞いたもので、彼女はここで起こったストーリーを話してくれたのです。ほかにも、いくつかのストーリーを覚えています。彼女の話は、私がここで聞いた話のなかで覚えているものの一つです」

『戦争語彙集』に採録されている「ココア」「マドレーヌ」「スイーツ」は、オスタップさんと同様に、リヴィウ駅でボランティアをしていたボフダナ・ロマンツォワさんが語ったものでした。ボフダナさんはウクライナ独立と同じ一九九一年生まれ、誕生月を聞くと「四月よ。ということは生憎四カ月だけ、ソビエト連邦の土の上を這い回っていた」そうです。キーウ・モヒーラ・アカデミー国立大学で二〇世紀前半の西欧モダニズム文学について学位論文を書き、博士号を取得。現在は首都にある出版社で文芸企画編集を担当する気鋭の編集者です。当時に語った話では、二二年二月末、ロシア軍が北方から攻め入り砲撃が始まったその二日後に友人らと共にキーウを去りリヴィウに向かい、古いアパートに落ち着くなりボランティア活動に身を投じる一人となったようです。

わたくしも、ぜひ彼女の話が聞きたいと思いました。幸いにも、ウクライナ滞在の最後の数日はキーウに移りましたので、泊まっていたホテルのスイートに来ていただき、実現することができました。夕方仕事を終えロビーに駆けつけてきてくれた彼女は満面の笑顔を浮かべていました。小柄で真っ直ぐに伸ばしたストロベリーブロンドの長髪、服装は白いTシャツの上にボタニカル模様を染めた生成の襟付き麻シャツに、お洒落に点々と破れが入ったヴィンテージデニム。耳には赤スグリを房にしたイヤリングが揺れています。

「インタビューに応じてくださり、ありがとうございます。ボランティアを始めたことのいきさつから、お聞きしてもよいでしょうか」

「私は根っからのキーウっ子で、両親もそうですが、生まれてからずっとキーウに住んでいました。子ども時分から、何かというと街を流れるドニプロ川まで歩いて岸から足をぶら

リヴィウ駅でボランティアをしていた時のボフダナさん（左）

ぶらさせ、ぼうっと眺めることが好きでした。リヴィウには何十回と行ったことがあり、大好きな街のひとつでした。観光名所や美味しいレストランは良く知っていましたよ。侵攻が始まってから、私自身は大きなアイデンティティの危機を迎えました。出版社に勤める文芸編集者をやっていますが、でも、全面戦争というこの状況で、それが必要な人は何処にいるのか？　この状況で私には何ができるのか？　つまり一心に打ち込んできた職業は役に立たない、と。戦争が始まると文化活動は無価値なものになるからです。でも、何もしないわけにはいかない。だから、どんなボランティア活動でも探しました。申し訳ないような気持ちでした。銃を持ってロシア軍と戦っていないのだから、何でもやるべきだ、と。さまざまなゴタゴタの末、私はリヴィウでのボランティアを始めました。人々が座って暖を取ることができるスタンドで働きました。お茶やコーヒーを出したり、医薬品を提供したりしました」

「それは駅の構内ですか」

「いいえ、駅の近くのスタンドがたくさん集まっているところでした」

「「ココア」という話について質問させてください。深く心を打つ物語で、ぜひ日本語にしなければならない、と思いました」

「ありがとうございます」

《昨日クラマトルスクからものすごい数の人がやってきました。列車が次々と到着し、乗客は食事をしたり、雑談をしたりしにこちらへと向かってきました。わたしは苦手だけれど、お約束の朝食であるミルクがゆもこしらえていましたし、コーヒーを切らしそうだから代わりにココアを作ろうね、と話し合っていました。大人は恥ずかしくて認めたがらないことがあるけれど、ほんとうは彼らもココアが好きなんですね。ある女性は緑茶がいい、と言っていたから、紅茶の箱の中から緑茶を探してみました。倉庫の中は、粉ミルクを置く場所さえなくなってしまうくらいの勢いで、ポーランド産のツナがぎっしりと詰められていたので、ツナだけでウクライナの人口の半分ほどは喰わせられるね、なんてふざけたことを言っていました。水の五〇〇ミリのペットボトルが出てきましたし、パテ缶の山に分け入ってみると、子ども向けのチョコレート菓子の箱が丸ごとあったのです。小さな緑色のスイカみたいなストライプを描いた包装に小分けされていました。日々の雑用、小さな幸せ、ツナやら何やら——と、こういう具合でしたね。

それが今日、敵軍がクラマトルスク駅を爆撃しているのです。わたしは頭から打ち消すことができません——三〇名を超える人たちがもうコーヒーを飲んでくれないし、お茶を催促してこないし、自分の子どもにストライプの包装のチョコレート菓子を差し出すこともない、という事実を。ツナサンドを食べるようわたしがしつこく勧めることも、もうないのです。彼らはこちらへ向かっていたのだし、わたしたちも人数分のコーヒーを用意していたのに。
あちら側の世界に何があるのかは、知りようがありません。けれど、何かがあるとしたら、それは世界一美味しいココアに違いないでしょう。》(「ココア」)

「日本でも大きく報道された痛ましい事件。二二年四月八日朝、数百人の避難者がホームの上で束となって列車を待っているドネツク州クラマトルスク駅での、ミサイル攻撃。約一〇人の子どもをふくめ六〇名以上の死者が出たことを記憶しています。落ちたミサイルの破片に手書きのロシア語で「(自分たちロシア人の)子どもたちのために(復讐する)」と書かれていたことも。その前の日の光景を語っているのですね。人々でいっぱいの列車が到着した。多数の子どもたちも乗せて。列車を降りると直ぐに、みんなは、あなたのスタンドに向かってきた。その日のことを、覚えていますか。彼らの声は？ 何を飲むかと尋ねた時に、どのような応答がありましたか」

「あの日の前まで私はいつもこう思っていました。大きなトラウマや大災害の後、人々はドラマチックになると。舞台の上で、ドラマチックに振る舞うだろうと。映画で観てきた「戦争」はそのようになっているでしょう？ 大きな悲劇とかを、大げさに。ところが彼らは普段通りで、私たちの簡単なサービスに感動する言動ばかりでした。多分恥じ入って何も頼めない人もいたと思います。この飲料を無料で受けることができない。多くの人が、お金を差し出しました」

「一人の女性が、緑茶があるかと尋ねたそうですが、緑茶は一般的ですか」

「ええ、一般的です」

「でも無かったので倉庫に探しに行った？」

「色んな組織からの援助物資の箱が沢山あって、ごちゃごちゃでした。その雑多な中に飛び込んで探しました」

「ポーランドからの支援の食料が多くあったとのことですが」

「ポーランドのツナ缶ですね。あんなに多くのツナ缶は生まれて初めて見ました」

「様々な物をあなたは探した。水のボトルやパテの缶詰、子どもたちのためのチョコレートも見つかった、と。緑色のラップに包まれたスイカ・チョコレートまで」

「スイカの形をしたポーランドのチョコレートだと思います。私は一つも食べなかった。人々のための食べ物で、私のためのものではないからです。でも実は美味しくはなかったと思います」

「美味しくはなかった？」

「何か味付きの砂糖の塊というか……。緑色の人工着色料入りでした。その名前は分からないけど」

「なるほど。あなたには魅力的では無かったけれど、子どもたちは欲しがったでしょう」

「本当にうれしそうでした」

「長い一日の作業の中で、喜びできらめくような時もあったことでしょう。その時のことを話してください」

「小さい子どもがよその街へ行くとします。その子は、ふたたび自分の家を見ることはもう無いかもしれない。でもその子は、その事実に気づいていない。私たちは、三日あれば、子どもたちに「普通のこと」をしてあげることができます。普通のこととは、例えば、その子が家で慣れ親しんでいたのと同じような食べ物や、同じようなおもちゃとか、それを持ってきてあげるのです。その子は、自分の家が至る所にあるのだと感じ、よその街でもホームを見つけることができる。ホームとは、破壊された建物ではなく、人々のことだからです。自分の家にいるというフィーリングを創り出し、優しくて親切な、フレンドリーな人々で、その子を囲んであげる。その後はもう二度と会うことのない人であっても、その子と彼らは友達になる。そのようにしてあげることが主な仕事でした。空腹を満たし飢餓を和らげるだけでなく、子どもたちに安全な場所にいるという感覚を抱かせることです。子どもたちが喜んでくれるのを見ること、それが私にとって最高の喜びでした」

「『戦争語彙集』には、あなたが語った、「ココア」「マドレーヌ」「スイーツ」の三つが採録されています。この三話に共通するものがあるとすれば、それは何だとお考えでしょうか」

「この三つの話には、人間らしさ(Humanity)が表れているように思います。私にとって最も大切なことは内面の優しさを保持することでした。全てが崩れ去り、言葉が破壊された時、言葉にも表現できないような時にこそ、人は内面を大切に保つべきです。危険にさらされている人々が暖かさ、優しさを失わず、互いに助け合おうとする姿を伝えたかったのです」

《届いた支援物資の中にはちっちゃなマドレーヌが入っていました。それも丁寧に「マドレーヌ」と表書きまでしてあって。一人ずつ、自分だけのマドレーヌが持てるようにきちんと小分けされていたんです。子どもに配りましたけれど、わたしにとって、その行為はなにか象徴的なことに思えたのです。一人ひとりの子どもが、未来に向かって自分自身のコンブレー村の一欠片を抱くわけでしょう。そうすることで、集合的記憶が長続きしていくことになるのです。そのようにして、いかなる侵略者も破壊できない、わたしたちの内なる街を守っていくわけですよ。》(「マドレーヌ」)

コンブレー村とは、イリエ=コンブレーというパリの南西に位置する実在の村がモデルで、マルセル・プルーストの名著『失われた時を求めて』の「スワン家の方へ」に度々出てくる重要な舞台。主人公であり語り手の「私」がある日、柔らかいマドレーヌを紅茶に浸し口へ運びます。すると、堰を切ったように夏のバカンスを過ごしたコンブレーの少年時代、毎週日曜日の朝に叔母に食べさせてもらったのと同じ焼き菓子の風味がよみがえり、過去の経験、幼い意識を現前させていきます。

「支援物資の中に、小さなマドレーヌがあって、子どもたちに一個ずつ配ることができたと語られています。《わたしにとって、その行為はなにか象徴的なことに思えた》とありますが、あなたにとってマドレーヌとは、何でしょうか」

「私にとってそれはパワフルなシンボルでした。私はプルーストなど、二〇世紀モダニズムの作家について研究をしていました。マドレーヌを見て、数年前に博士論文を書いたことを思い出したのです。私たちは毎日何人の子どもたちに会ったことか。お菓子を子どもたち全員にあげることは、とても重要なのです。みんなにあげることが大事です。マドレーヌはビニールの袋に小分けしてありました。袋を開ける作業は、彼らにとってクリスマスプレゼントのようなものでした。彼らにとっては希望の象徴でした」

「子どもたちは笑顔でしたか？」

「はい。その瞬間、ほんの小さなことが人を幸せにすることに気づきました。私たちは幸せになるために多くを必要としないのです。大金も、最新型の携帯電話も必要ない。小さなビスケットやクッキー、そして子どもたちの笑顔でハッピーです。それで満足」

「この一年半を振り返って、それはあなたにとってどんな時間だったのでしょうか」

「私を劇的に変化させたと言えます。この経験を一言で説明することは不可能です。このような状況を通過しなければ、この経験を知ることはできませんでした。この経験が無い生き方に、もう私は戻ることができないのです。友人が最前線で死ななかったような人の生き方には」

「元の自分には戻れない、と言われましたが」

「戦争という経験をした時、全ての言葉は比喩的意味を失ったと思います。つまり、今は美しい比喩の下に隠れている場合ではないのです」

「比喩の下に隠れている、興味深い表現です」

「パウル・ツェランやリルケ、その他の偉大な詩人たちによる戦争についての詩を読みましたが、彼らは常に他の人々が理解できる範囲での閉ざされた言葉を見つけようとしています。私の場合、その逆のプロセスです。全ての言葉はむき出しで、裸です。私はいつも難しい意味を探し、難解な文学作品を探究し、かなり困難な文学研究をしてきました。しかし今、言葉そのもの、裸の言葉こそが、私の経験を伝える最も強力な道具かもしれません。それが今の私の経験の核心だと思います」

空を切って肉体をも切り裂くほど鋭利な「むき出しの言葉」は、対立が表面に現れにくく平和な私たちの社会からは生まれにくいのかもしれません。頭上にミサイルを降らす不条理で果てしがないような戦地で列車を待つ人の言葉にしても、離れてその到着を空しく待ち受けている支援者の言葉にしても、世辞も考察も寓意も削ぎ落とされてこそ、当事者を、そして当事者ではない我々を動かし、救う力を育むことができるように思えました。『戦争語彙集』に並ぶたくさんの「語彙」にも、比喩はほとんど出て来ません。空襲警報が耳をつんざく最中に生地を捏ねる女性（「パン生地」）も、逃げようとしている玄関先でガラス瓶の分別で頭がいっぱいの女性（「ゴミ」）も、「比喩の下に隠れる」ことを知らない。着地点が曖昧な「平和」という言葉すら部外者には歪曲されかねず、不用意に発した者たちに暴力と喪失として跳ね返ってくる可能性も、十分にあるでしょう。わたくしは翻訳しながら、「語彙」がメタファー抜きに短期間に語り切ったむき出しの独白として提示されている意味をずっと考えていました。

「この一年半のあなた自身の変化と言葉について、うかがうことができました。『戦争語彙集』には、戦争によって言葉の意味が変化することが語られています。日常の言葉が、悲しみや皮肉を意味するようになる。戦争の前と後で、言葉の意味がどのように変化したのでしょうか。意味合いが変化したと思われる言葉があれば、具体例を挙げていただけますか」

「例えば、「バスルーム」です。もちろん、バスルームは快適な場所でした。水、そして泡、これら全ては幸福な思い出です。でも今、バスルームは、アパートの中で隠れることのできる最も安全な場所なのです。そこには窓も無いし、武器も無いからです。そのほかには、例えば、「電気」。冬の夜に、三〇時間以上の深刻な停電がありました。電気が快適な生活のシンボルになったのです。私たちは電気の存在に慣れきっていたのです。しかし今になって、文明がいかにもろいものかを知りました。私たちは一瞬にして全てを失うこともあるのです」

「今日聞いたお話で、最も力強いメッセージは、あなたの信念に基づいたパーソナルな体験と価値観でした。戦争という巨大な構造の中で保たれる、人間の核心である尊厳性について、あなたの声を聴けたことはとても貴重でした。最後に、日本の人々に、メッセージがあれば、お願いします」

「戦争はあなた方が想像する以上に、身近なものだということです。世界の遠い地域ではなく、近い地域で起きています。そして、私たちが二つの世界大戦で体験したように、戦争は非常に早く場所を変えることが可能なのです。人間の残虐さと人間の優しさには、限界も無く、国境も無い。私たちは正しい側に立つべきです」

燎原の火のごとく場所を移し、燃えさかり、人も物も包み込んで滅亡させる戦争からの距離は、確かに測りがたい。戦争はどこにあるか、という単純な問いを戦火に痛めつけられた大勢の人を受け入れ、見送ってきたリヴィウで、いつも考えていました。厳かで忙しなく、豊富な食糧と若い人のエナジーに満ちあふれた街の路地に一歩踏み入れると、戦地の悲惨さは日本の絵巻のように延々壁に描かれています。公衆トイレで手を洗っていると、そのペーパータオル・ディスペンサーの上にモノクロのシールが貼られています。よく見るとマンガのごとく描かれたヘルメット姿の一人の兵隊の横には「自分自身の真理と力量と意志」という隻句が印刷されています。これは、近代ウクライナ語によるウクライナ文学の創始者と言われるタラス・シェフチェンコ(一八一四―六二)が同朋に向けた有名な長編詩から切り取られたものです。原形は「おのれの家にこそ、おのれの真実と/おのれの力、おのれの自由がある」(「死者と生者とまだ生まれざる同郷人たちへ」『シェフチェンコ詩集』藤井悦子編訳、岩波文庫)。人との会話においても同じく、一〇分と経たない内に、前線にいる友人と家族、なかには身近な者から不幸な報せが届いたという話をしてくれます。非戦争の中には戦争があり、マーブル状になっています。戦争というものの奇妙な速度と浸透性は言葉を通して共感を生み、また言葉の表面から深く沈潜し、その意味を変質させるのです。

二

人形劇場の舞台袖で、身をすくめる
——言葉の意味が変わるとき

着いた日の翌朝未明。空を駆け巡ったけたたましい警報音は収まり、仮眠を取って、七時ころに目を覚ましてパソコンを開くと、夜中の警報と同時刻にウクライナ南部にある国内最大の水量を擁するカホウカ・ダムが爆破され、下流に広がる農村も農地も未曽有の大洪水に巻き込まれていることを知りました。占領され、同じドニプロ川の上流に面して建つザポリージャ原子力発電所の冷却水供給にも影響が出るのでは、というニュースを読み上げるフランスのキャスターの声を聞き、絶句しました。暗い空に響く呻きにも似たあの大音量の警報でつながっている別の地上では、今、おそらく想像を絶する恐怖と苦しみを大勢の人が味わっているに違いありません。この時点では知る由もないことでしたが、後日、押し寄せる貯水池の波に追われた多くの住民はここリヴィウに向かい、新たな避難者の波として救いを求めることになります。また飼い主をなくした大量の犬も猫も、数日後わたくしが訪れる郊外のアニマル・シェルターへと、この日から少しずつカゴに入れられ運ばれていったのです。

夜に快晴は薄曇りとなり、最高気温は二七度とテレビ画面に書かれています。わたくしはこの日、リヴィウにある美しい人形劇場を訪れる約束をしていました。劇場の芸術総監督で演出家のウリャーナ・モロッズさんと対話をするためです。

リヴィウ人形劇場は一九四六年の開場。それ以来、ソ連時代を越え現在にいたるまで地域住民に親しまれ、街の文化の拠点の一つになっています。建物自体はリヴィウ州で暮らす工芸職人の会議所として一九一四年に建設、ロシア革命を経て一九二〇年代からは映画館に転じ、また戦時中の数年間の閉鎖期間を経て、戦後間もない頃から舞台芸術家の育成と人形劇上演をかねる劇場の役割を果たすことになります。芝生が広がる小さな公園の前に建つ石造り建築はアールヌーヴォー様式の意匠をふんだんに取り入れ、入口に並ぶ丸いアーチの上の右側にはレンガを抱えて立つエプロン姿の若い石工、左側にはハンマーを持つ鍛冶屋の石像が壁に埋めこめられて、来場者たちを見下ろしています。

リヴィウ人形劇場

ロビーに入ると、内装はしなやかな植物模様のステンドグラスの天井に、大理石の大階段、細かい鍛造装飾を施した手すりといった具合に、人形劇場といわれて想像するような子ども向けの素朴な佇まいではなく、舞台芸術の高みを期待させる重厚な公共空間が待ち受けています。

芝居の稽古日に当たり、場内に人はあまりいない。天井からぼんやりとした自然光がロビーに降り注いでいます。玄関まで迎えに来てくれたウリャーナさんは、肩まで伸びてふわりとさせたジンジャーヘアが臙脂一色のワンピースに調和していて、好奇心にあふれるような真っ直ぐな眼差しと相まって、出会った瞬間に訪れた人に好感を抱かせます。

ウリャーナさんは二〇一七年に三〇代半ばで芸術総監督に就任。採用面接があり、その場でどうせ落ちるだろうからと、面接官に向かって言い放ったそうです。この劇場の運営も出している演目も「すべてがソ連時代に停まったまま、魂がないのよ」、と。自宅に届いた通知を開けてみると「合格」とあったので心底驚いたと語っています。学生時代から戯曲制作と演出に打ち込み、多数の舞台フェスティバルを企画してきました。また二〇一三年から一四年にかけて、ユーロマイダンという抗議運動がウクライナ全土で起きた際には、専門を活かして参加しました。EUに背を向けロシアとの関係を強めようとする当時のヴィクトル・ヤヌコーヴィチ大統領の政権は、政府にはびこる腐敗と権力の濫用に対する人々の激しい言論とデモによる抵抗の末、一四年二月にキーウで多数の市民が射殺されたのちに、大統領の失脚とロシアへの亡命、憲法復活、臨時大統領選挙の実施という尊厳の革命(マイダン革命)に至って終結しました。

上演で使用される人形を持つウリャーナさん

ウリャーナさんは後日、わたくしに当時のことを振り返り語ってくれました——「全国の都市の中央広場には次々舞台が建てられ、大勢の人が平和的に抗議デモを繰り広げていました。私は毎日、幼い息子を連れてリヴィウで舞台運営を行ったり動画を制作したりしていました。禁止されてはいたけれど、地元自治体の改革を要請する支援者をキーウのユーロマイダンに送り込む活動などをやっていました。そういう具合に、抗議内容を決めていくわけですが、毎日キーウで起きたことを受けて流動的に構成するのですね。なにより大事なのは、公安当局を刺激しないこと、暴力を抑えることでした。一番きつかったのは各地の警察が出動し一般市民を殴ったり殺したりし始めた時期で、テレビ画面にそれが映ると群集は反応しいきり立ってきます。そうなった時、神父たちを呼んでみんなで祈ることにしました。とにかく警察に解散命令を出す口実を与えないようにと、一所懸命でした」。

街の古い劇場に風を起こすことを期待され監督に就いたウリャーナさんは、社会との強固な結びつきに芸術の真髄を見いだし、行動していたのでした。自国の空に他国がミサイルを降らすとなればなおさらのこと、逆に、アーティストとしての彼女の振るまいにはウクライナ社会の変容と方向性の一端が見てとれるのではと、予感していました。

一〇〇年以上前に建てられた劇場は、二〇二二年の侵攻開始直後からシェルターとなり、ウリャーナさんの決断で避難した人々に開放されました。二月二六日には劇団員の親類が、三月一日には部外者で老若男女三〇名が、そして同月上旬にはその倍の六〇名ほどが場内の廊下と稽古場と事務室に所狭しと身を寄せてきました。

古くから子どものための芝居で親しまれたリヴィウ人形劇場でしたが、芸術監督が替わっ

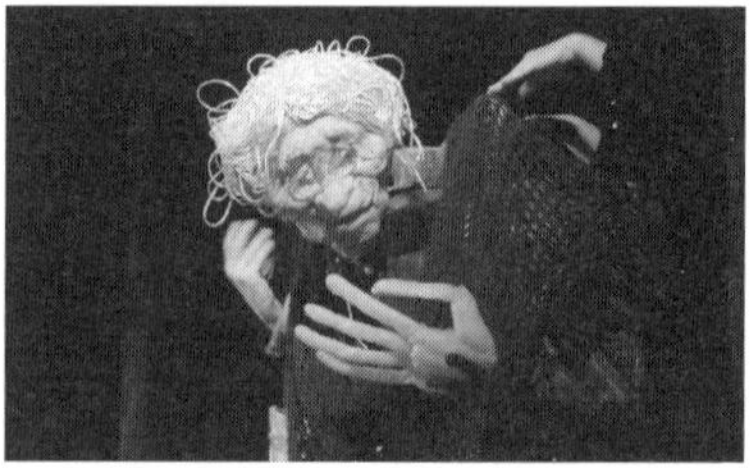

人形劇「死のタンゴ」より

てから精力的に大人向けの新作を上演するようになりました。全面侵攻以来、避難者がひしめく場内で五本もの新規公演を実施し、市民の傷ついた心を慰め、人々を明日へと鼓舞しているようです。侵攻の直後から戯曲が書かれて初演となった、「死のタンゴ」という一六歳以上の観客を対象に作られた人形劇は良い例でしょう。ヨシコというバイオリン教師のおじいさんは弟子である少女ヤルカに美しくも悲しげな曲を教えようとします。けれども彼女は上手く弾けない、というところから、老人は大戦間期に育ったリヴィウの街並みを思い出します。七歳の時、三人の仲間がいます。それぞれウクライナ人、ポーランド人、ユダヤ人にドイツ人という異なった文化的背景や家庭環境などで生きていますが、無心にリヴィウの街で遊んでいます。大人たちの不安そうな表情、混乱、軍靴の音とともに友だちは一人また一人と居なくなってしまう、悪夢のような回想が続きます。原作となる小説に描かれた幻想的な設定をそのままに、台詞には鋭利なリアリズムが貫かれ、一九四一年にリヴィウで起きた、ナチスやウクライナの民族主義者たちによるユダヤ人の大虐殺という史実が投げる漆黒の影も描かれています。

ウリャーナさんは『戦争語彙集』に「沈黙」と「歯」、二つの話を寄せています。「沈黙」では、昨年三月初旬に、劇場が開放された最初の四八時間の様子が語られています。

ステージやリハーサル室だけでなく、廊下やロビーなど、オープンスペースのほとんどすべてがマットレスで埋め尽くされました。たくさんの人たちとペットたちが劇場に溢れて、彼女は絶えずその中を歩き回っていたそうです。彼女は、これまで経験した中で、最も恐ろしかった出来事について語りました。それは、人々の避難生活の最初の二日間、この劇場を覆い尽くした「沈黙」についてでした。

《人形劇場が避難シェルターに変わりました。舞台の上もホールも、ロビーにもマットレスを敷きつめました。最初の数日は子どもと動物を連れ立っている人が多かったです。二日間、彼らは朝から晩までマットレスの上でシーンと静まって横たわっていました。これほど多くの沈黙する子どもたちと動物が一つの場所にいるところを、わたしは見たことがありません。

そこから少しずつ、彼らは元気を取り戻していきました。

でもわたしは、あの沈黙を忘れることはないでしょう。怖かったですよ。》（「沈黙」）

ウリャーナさんは、上演中の舞台を、いつも後方の席から見るそうです。自分がプロデュースした舞台を真剣に見ている子供たちの様子を、背後からうかがうことができるからです。上演中に子供たちが発する緊張感と「沈黙」を、彼女はいつも楽しんでいたのです。そのような「沈黙」が大好きだったのです。しかし、受け入れ後の最初の二日間に彼女が感じた

「沈黙」は、それまでとはまったく別のものでした。彼女は感じたのです、空間の驚くべき変貌ぶりを。自分を圧倒している巨大なものを。

ボフダナさんは「戦争によって言葉の意味が変わること」を語ってくれました。同じことが、ウリャーナさんにも起きたのです。そのことを彼女自身から聞いてみたいと思いました。

もうひとつ、ウリャーナさんにうかがってみたいことがありました。ボフダナさんは「戦争が始まると文化活動は無価値なものになる」とも語っていました。その言葉に半分は共感しつつも、一方では、そうとも言い切れないのではないかとの疑問を抱いていました。リヴィウ人形劇場は、人々のシェルターになって以降も、劇場としての活動を続けてきました。ウリャーナさんにお会いして、ぜひお話をうかがいたいと思った理由の一つでした。

「沈黙が、なぜ怖かったのでしょうか」

「三人の子供の母親として言えば、子供たちが騒ぐことは、ごく普通のことで、逆に静かなことは何かの病気のしるしです。本来なら、子供たちの騒ぎ声や笑いは、この場所に命を与えるものなのです。子供たちが静かだったことは、彼らの移動中の経験の恐ろしさを物語っています。最初の一日目、二日目、子供たちはすごく不自然に行動していました。沈黙は、無限に続くようにも思えました。これからどうしたらいいのかわからない、疲れ果てて、落ち込んだ人々の沈黙でした。これまで出会ったことがなかったその沈黙は、恐ろしく、非常に重く感じられました。人々を休ませ、元気を取り戻すための沈黙だった一方で、行く先を失い、限界に至ってしまった人々の沈黙だったのです」

「当時の状況について、少し詳しく教えていただけますか」

「電車には人が溢れすぎていて、おまけに長時間の移動でしたから、人々は疲れ果てて、ペットと一緒に床に寝転んだりしていました。動物たちもショック状態でした。ある母親に食事や買い物等の手助けを申し出たら、彼女は横になれるだけで幸せだから、何も要らないと答えました。私たちは、〇歳から三歳までの子供たちを対象にしたショーを行うベビーステージを持っています。柔らかいカバーで覆われたスペースで、子供たちが安全に過ごせるようになっています。まずはそこをシェルターにしました。劇場の建物はすぐに避難者たちでいっぱいになりましたが、ある時、五人家族がやってきました。夫婦と子供二人と年配の女性でしたが、二週間くらい駐車場の車の中で寝ていたのだそうです。当時、舞台が唯一横になれる場所だったので、そこで寝ることになりました。しかし、寝具がなくて、他の避難者たちに声をかけてみたら、枕以外のものはすぐに揃いました。枕は、子供たちの帽子から即席に作りました。舞台の上は居心地がよくて、温かでしたから、その後は、とても人気のある場所になりました」

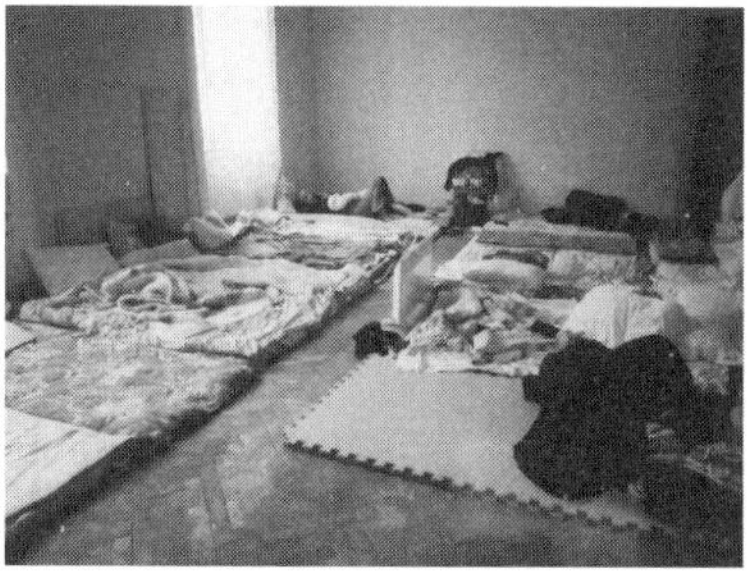
シェルターだった当時の人形劇場

「体調を崩した人も多かったのではないでしょうか」
「人々が、ここに一週間以上も泊まることになった時期には、

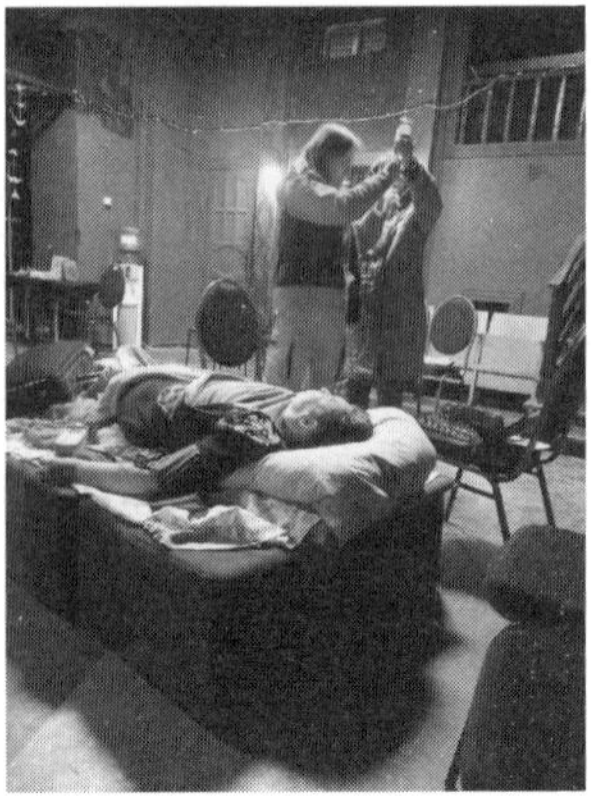

劇場の地下ホールで治療を受ける避難者

多くの人が体調を崩しました。避難者もボランティアの人もコロナウイルスに感染してしまい、一人の年配の女性が死亡しました。状態が悪化して、病院に運ばれましたが、助けられなかったのです。彼女の孫は生き残りました。精神的にも大変でした。ある一人の女性はショックのあまり「家に帰りたい」と、同じことばかりを繰り返して、みんなを非常にイライラさせました。あのときの状況とストレスを考えると、おそらく元気な状態の人はいなかったと思います」

「病気の人のお世話をどのようにしたのですか」

「薬については、グーグルで調べて何とかしていました。医師たちも非常に忙しく、また疲れ果てていたので、救急車を呼んでもめったに来ませんでした。最初のうちは、診察さえ受けることができなかったのです。多くの人が体調を崩したのは、四月の半ば、イースターのあたりでした。戦争前には機能していたサービスがすべて停止してしまって、病院、警察、タクシー、配送業者など、すべてがうまく稼働していませんでした。ボランティアの人たちに声をかけて、運が良ければ物資を手に入れることができるような状況でした」

「ウリャーナさん自身は、どのような状態でしたか」

「あまりの忙しさで、自分のことを考える時間はありませんでした。次つぎにあふれ出るタスクを解決するために走り回っていました。自分の子どもたちの世話はできなくなったので、母と一緒にポーランドに行かせました。初めてゆっくり散歩に出たのは、四月の一〇日を過ぎた頃でした。何かの課題を抱えながら歩いているのではなく、自分はいま単純に歩いているだけなのだということに気付きました。侵攻開始からの一カ月半は、普段であれば一年間ぐらいで経験することを、短期間で受け入れなければならない、とても圧縮された時間でした」

「職員同士は、どのようにお互いを励ましたり、助け合ったりしたのですか」

「当時、劇場のみんなは、様々なサポート活動を朝から晩まで続けていたので、精神的に燃え尽きてしまったことがわかりました。一時的には、六〇名以上の人々が劇場で寝起きをしていたのです。ある時点で、自分たちは劇場の仕事に戻らないといけないと考えました。その時に、演劇を作りました。「シェルターの中の一晩」という劇を作って、それで何とか復活できたのです。これは大人用の演劇ですが、そのブラックユーモアで、自分たちの危機を何とか乗り越えようとしたのです。四月から、土曜日に、お芝居を始めました。大ステージで映画を見せたりもしました。少しずつですが、劇場として整っていったのです。お客さんたちは、私たちに、「どんなものを持って行ったらいいの?」と言ってくれました。例えば、あるお客さんは、ジャガイモをたくさん持ってきてくれました。みんなが芝居を見にきてくれるようになったのです。演劇活動に最も大きな影響を与えたのは、男性の軍への動員でした。この劇場から戦争に行ったのは三人の男性ですが、一人は照明の担当者で、もう一人は舞台装飾の担当者です。二人の代わりをする者はいなくて、今でもその影響が続いています。あとの一人は俳優でしたが、代わりに女優に出演してもらいました」

「この一年半で、あなたの人生には想像もできないほど多くの変化がありました。戦争の前も、戦争が始まり劇場が避難所になってからも、いつもこの場所におられた。ここでは、実にたくさんのことが起こっています。劇場は、あなたにとって、どのようなところでしょうか」

「私にとって、人生の大部分は芸術です。芸術は重要な問いに対する答えを与えてくれます。私たちは誰なのか、という問いです。安全だけを考えれば、ヨーロッパに避難すれば、問題を解決できるのかもしれません。しかし、私たちは何を守り、なぜここにいるのかという問いについても考えなければなりません。芸術には「私たちは誰なのか」「なぜここにいるのか」という問いに答える、素晴らしい力があります。私たちは悪に立ち向かう勇気を持たなければならないのです。

そして、芸術は癒しの力を持っています。芸術は存在しないものを創り出すことも、未来のビジョンを作ることもできます。また、安心感も与えてくれます。トラウマからの回復にも役立つことがあり、その意味で、芸術には驚くべき可能性があるのです」

「この劇場は、避難した人々の生活を支えました。そのうえで、ここは芸術の場所であり続けました。なぜ芸術が、魂を癒すのだと思いますか?」

「一つの例を挙げさせてください。私たちの観客の中に、ハルキウの孤児院の子供たちがいました。つまり、親のいない子供たちです。芝居が始まると、舞台の上には、四人の女性が暗い服装で白いカーペットに座っていました。とてもシンプルな舞台でした。子供たちは「これは死んだ人だ」と言いました。俳優たちは凍りつきましたが、それでも芝居を最後までやり続けました。終演後、私たちは心理学者のところに行って、私たちのやり方は正しいのかと尋ねました。私たちは子供たちを傷つけてしまったのではないか、彼らが経験した悲劇を思い起こさせるイメージを作り出してしまったのではないか、と。

心理学者はこう言いました。「あなた方は、子供たちが受けたトラウマを繰り返させることによって、子供たちからトラウマを分離させました。彼らのトラウマに形を与えて、視覚化したのです。劇の中では、すべての人々が生き返り、立ち上がります。そうすることで、子供たちのトラウマは書き換えられたのです。子供たちは、もうトラウマと共に生きる必要がなくなりました」。私たちは偶然にも、人々を、心的外傷後ストレス障害（PTSD）や、トラウマ状態から引き離す療法をとっていたことが分かったのです」

「これからの取り組みについて、教えてください」

「一番大事なことは、私たちが生き残ったことです。そして、自分を役立てることができる場所を探し続けていくことです。劇場には、文化的な役割があります。子供たちへの取り組みを通じて、ウクライナの将来のための人材を育てることができます。もう一つは、これまでの経験におけるトラウマを認識させ、それを分離させることによって、トラウマを克服しようとしている人々の手助けをすることです。一部の人々ではなくて、いまウクライナの社会全体がトラウマを抱えています。それらをどう克服できるか、私たちにとっての大きな挑戦になります。もう一つの課題は、自分自身を破壊しないように、大切にすることです。このような危機的状況が続き、恐怖や不安があふれると、人々は休めなくなってしまい、燃えつきてしまうのです」

『戦争語彙集』には、ウリャーナさんの話がもう一つ、採録されています。「歯」という題名の恐ろしい話です。

《ミコライウ地方から避難した一人の男がうちにやってきました。占領軍による拘留から逃亡したんです。奴らは、彼を捕え、拷問にかけ、歯という歯をへし折ってしまっていたんですね。

彼は今、わたしたちの学校に身を寄せています。

子ども用の毛布から長い脚を出して、マットレスの上に寝そべっています。まるで小学生みたいですよ。けど歯は、もう生えてきません。》（「歯」）

「この話について、お聞きしてもよいでしょうか」

「その男の人を思い出すと、いつも彼の笑顔を思い出します。笑っている人は非常に珍しかったからです。あの頃、人々はほとんど笑わなかった。あの人は歯が抜けた状態でいつも笑っていました。幸せそうでした。なぜそんな奇妙な振る舞いをするのか、私は尋ねました。酔っぱらっていると思ったからです。そうしたら、拷問を受けたのだと言われました。歯を抜かれたのです。あの人の奇妙な振る舞いの理由が分かりました。酔っていたわけではありません。

ロシア人たちが何を知りたかったのか、何のために彼を拷問したのか、わからないです。彼は何も喋らなかったので、結局、ロシア人たちはあきらめて、彼は逃げ出すことができました。その男の人は、自分の家族と一緒に来ました。寝る場所がなくて、ベビーマットの上に寝かせました。彼は、ずっと笑っていました。彼の笑いは、印象的でした。生き残ることができて、幸せだったのです」

無残にも歯を抜かれてしまった男の笑顔は、辛くも生き延び家族と一緒に身を寄せられた安堵感から生まれたのかもしれません。わたくしはウリャーナさんの話を聴きながら、南部ミコライウにいた彼の状況を想像していました。逃亡に失敗して摑まった、と。この段階では歯が揃っていて喋れたはずなのに、暴力を必死の無言で返しました。不条理な力に耐えきった小さな勝利を、この微笑で表現していたのではないか、と。ちなみにウリャーナさんの親族数人は、現在軍隊に入っていて、前線に出征しているそうです。俳優の弟さんはバフムート近辺で野営医療拠点の責任者をやり、政治学者であるお兄さんは軍部消防隊員をつとめ、そして義理の弟さんはデザイナーを職業としていますが、今は偵察ドローンの操縦者になっています。彼女の話によるとユーロマイダンは一つの段階に過ぎないと言います。選挙の不正に抗うオレンジ革命（二〇〇四―〇五年）、その前にソ連の圧制政治への抵抗運動に関わった父親のこと、曽祖父も一九四五年から一〇年間、ウクライナ蜂起軍の死者を埋葬した廉でシベリアでの強制労働を強いられたと語ってくれました。

「ウリャーナさんの『戦争語彙集』に関する感想を聞かせてください」

「オスタップさんが外国の人にも理解できる本を書いてくれて、非常にうれしいです。私たちの仕事は、ウクライナ人の声を届けることです。普通の人々の死に対して無関心であってほしくないです。一〇〇人が死亡したというニュースや統計があるとき、それは単なる数字です。でも、そこに語られた言葉があれば、それは感情です。一つひとつのストーリーには顔があります。私たちは生きたいのです。この戦争を止めるために力を貸してほしいのです。芸術には、感情移入をさせる力があります。たくさんの人々のために大事なことは何かを考えることができるならば、政治家たちも、戦争をやめるために何かをするでしょう」

ウリャーナさんとの対話を終えて、わたくしが考えたことは、もしもリヴィウ人形劇場が、シェルターとしてのみ機能し続けて、劇場としての役目を手放したとしたら、どのような状況になったであろうか、ということでした。建物が避難者たちでいっぱいになり、劇場としての機能は、一時は完全にストップしたわけですが、ウリャーナさんたちは、信じがたいような短期間に大勢の避難者という「部外者」がいる中で脚本作りも稽古も上演も再開しました。劇場としての役目を取り戻したのみならず、少し大げさに聞こえるかもしれないが、演劇が本来持ちうる根源的な力のようなものを掬いあげたように見えました。もし劇場を再開しなかったならば、ウリャーナさんをはじめとするスタッフは、みなさん疲れ切って、燃え尽きてしまったかもしれません。それはシェルターそのものの崩壊につながります。

ウリャーナさんは「芸術は存在しないものを創り出すことも、未来のビジョンを作ることもできます。また、安心感も与えてくれます」と語っていました。シェルターを覆っていた「沈黙」が払拭されて、代わりに子供たちの笑い声、人々のおしゃべりをする声が溢れたとき、危険そのものはもちろん取り除かれたわけではないけれど、安心感に満ちた空間に変貌したはずです。リヴィウ人形劇場は、劇場としての役目を取り戻したことで、人々を守るためのシェルターとしての強度を増し、逆に、シェルターとは何かを我々非当事者に対して問いとして投げかけているのです。

ウリャーナさんの話で印象深かったのは、劇場を再開した時に、お客さんたちが「どんなものを持って行ったらいいの?」と言ってくれたこと、あるお客さんがジャガイモを持ってきてくれた、というエピソードでした。劇場を再開してくれたことへの御礼なわけですが、ある意味で、物々交換が行われていたのではないでしょうか。自分たちの大切な食料であるジャガイモと、人形劇場での演劇とは、どちらも人々にとって必要な「糧」であるのです。形而下の「糧」であるジャガイモと、形而上の「糧」である演劇とが、等価で交換されている。戦時下という極限状態だからこそ、そのような本質がむき出しとなった交換が可能であったのかもしれませんが、演劇という「糧」で存分にお腹を満たせることを人々が喜んでいたことは、間違いありません。
対話を終えて、わたくしは、東アジアの端にある島国に生まれた、ある詩人の言葉を思い起こしました。

《わたしたちは、氷砂糖をほしいくらゐもたないでも、きれいにすきとほつた風をたべ、桃いろのうつくしい朝の日光をのむことができます。
またわたくしは、はたけや森の中で、ひどいぼろぼろのきものが、いちばんすばらしいびらうどや羅紗《らしや》や、宝石いりのきものに、かはつてゐるのをたびたび見ました。
わたくしは、さういふきれいなたべものやきものをすきです。（略）
けれども、わたくしは、これらのちいさなものがたりの幾きれかが、おしまひ、あなたのすきとほつたほんたうのたべものになることを、どんなにねがふかわかりません。》

（宮沢賢治『注文の多い料理店』序）

リヴィウ人形劇場は自分たちの演劇を通して、避難者たちに、そしてリヴィウの人々に、「すきとほつたほんたうのたべもの」を提供できたのではないでしょうか。それもまたシェルターの重要な役目であったと思われるのです。

三

階段教室で、文学をめぐる話を聞く
——断片としての言葉

六月八日、わたくしはイヴァン・フランコ記念リヴィウ国立大学を訪れました。リヴィウ大学は、一六六一年の創立以来、三五〇年以上の歴史を持つウクライナ最古の国立総合大学です。キーウ大学と並んで、国内トップレベルの高等教育機関であり、オスタップさんもこの大学の出身です。

目的は他にあるのですから、最初からウクライナの大学を訪ねようなどとは思っていませんでした。東洋学科があり、日本語専攻生としてそこを卒業したというウクライナ出身の言語学者と日本で知り合い、彼女からオレーナ・ゴロシケヴィチという先生の連絡先を教えてもらったことからメールを送ってみたのでした。そちらに滞在する間、講演でも講義でもゼミでも、役に立ちそうなことがあればわたくしにご連絡を、と唐突に申し出をすると、オレーナ先生からさっそく温かい言葉が返ってきました。彼女はソ連が崩壊したとき一年間だけモスクワ大学で日本語を学び、帰国してからは少しずつ習った言語を教えるようになり、またその後、この一〇年間ほどはウクライナ語で日本文学を教えておられます。英語より日本語の方が堪能ということで、先生とは始終日本語でやり取りをします。初めて受信した文面にはこう書いてありました。

「ウクライナ人の学生たちに日本文学について講義を聞かせていただくことを楽しみにしております。今のウクライナの状態に関して興味をお持ち下さることにも感謝いたします。この戦争についての情報を離れた国へ伝えることはとても大切でありがたいことです」(五月一一日)。

行ってみると分かったことなのですが、日本語と日本のことを学びたいという熱い思いがあり、一方、手段はごく限られてはいるけれど、ほぼ同じ熱量で日本人に対して自国の現状を知ってほしい、伝えたいという意欲をもつ教員も学生も大勢いました。背景には戦争があり、それは悲しいことではあるが「私のことを知ってほしい」という思いは、他文化にふれて学ぼうとする際にはいっそう深い理解に結びつくように考えます。わたくしはだいぶ以前から、ふだん言わないことだけれども、学びながら相手に何かを手渡そう、託そうという姿勢が見て取れる学生には心を動かされるタイプの教育者です。

リヴィウ大学で日本語と日本文学を担当する教員は現在五人、全員が女性の先生たちです。コロナ禍を迎え、戦争となってもそのまま学生を募り続け、入学生は年々五〇名(今年度)程度を数え、日本流でいえば定員割れを一度もしたことがないそうです。日本との往き来が困難なため、数年前からネイティヴスピーカーの日本語教師は大学にいません。語学教材も、卒論や修士論文などを書くのに必須の日本の新刊図書も図書館に届いていないということです。まさに孤軍奮闘と言ってもよく、物理的に隔絶された環境の中にあっても静かにねばり強く、ますます遠くになった日本の言語文化を知ろうとする小集団がこの街の大学にいることに気づくと、とにかくお会いして交流したい、という思いを募らせたのでした。

　午前一一時に着くようにとのことでしたので、早めにホテルを出ました。たれ込めていた昨日の雲は黒板消しで拭き取られたように無くなり、快適な初夏の朝。眼の前のイヴァン・フランコ公園はウクライナ最古の公園だそうです。南側に建つホテルから、その中心にある坂を北上していくと、手を組んで広場の散歩者を見下ろすウクライナの詩人で活動家のイヴァン・フランコ（一八五六―一九一六）の巨大な石像の後ろに出ます。正面に向かい合う建物は、まるで宮殿と見まがうような、かつて地方政庁があったというリヴィウ大学の本館です。

イヴァン・フランコ記念リヴィウ国立大学

　シャツ一枚という気軽な装いで明るくスタスタと建物に入ると、まず大理石のひんやりして荘厳な中央階段に気圧されます。白い石を細かく砕き幾何学の模様に象嵌したぴかぴかの床、天窓から降りそそぐ朝の白い光、ユリの紋章を打ち出したレリーフの列柱。淡褐色《ヘーゼル》に塗られて聳え立つ壁の前では、オレーナ先生のほか、文学部長と二名の副学長が待ち受けておられます。手厚い出迎えに面食らう暇もなく、大学博物室へと案内されて、担当職員の丁重なる説明を受けた上で芳名帳に署名、そこからは副学長室に移り歓迎セレモニーをしていただきました。机上に交差させたウクライナ国旗と日の丸の小旗を真ん中にしてホットティーを啜り、コロナ禍から戦時中、今後も当分、対面では授業ができない上に国外出張も不可能だという教育と研究の厳しい現状についてうかがうことができました。

講義ではどんな話をすれば良いのか、オレーナ先生と事前に相談を行いました。わたくしは江戸時代の印刷物や写本、手書きの書簡や掛け軸など原資料をたくさん持っているので、珍しい書物を見繕い、実物を見せながら江戸期の文芸と書誌学について語ろうと思っていました。しかし先生の考えは違っています。学生たちはインターネットで日本の動画を見ているし、自腹で電子出版の新しい書物もある程度ストックしているようだけれど、「日本そのもの」が遠ざかり、人々の往来がほぼ止まった今では、むしろ現在の文学を素材にして、日本がこれから進もうとしている方向性について教えてほしい、とおっしゃいました。「日本そのもの」というテーマは多様すぎて手に負えなく思えましたので、「二一世紀の日本の文学」について講義することにしました。

現代日本を代表する作家の方の小説として、平野啓一郎さんの『ある男』、柳美里さんの『JR上野駅公園口』、木村紅美さんの『あなたに安全な人』、村田沙耶香さんの『コンビニ人間』、この四冊を選びました。この内三つの作品は英訳されています。講義では、内容を簡単に紹介した上で、それぞれの物語の構造や主題に即して今の日本文学において表象されるセルフ・アイデンティティ（自己同一性）の在り方について一緒に考えてもらおうと計画を立てました。日本を出発する前に、それぞれの作家の方に連絡を取り、使いたい作品の原本に自筆サインとウクライナの学生たちに向けたメッセージとを書き込んでもらい、送ってもらうようお願いしました。みなさん、二つ返事で引き受け、直ぐにメッセージが書き込まれた本を届けてくれたのでした。

Ivan Franko National University のみなさんへ

戦争は、問いを奪います。

人間を、一つの答えに追い詰めます。

あるいは、何故？　という問いで行く手を塞ぎます。

戦争の最中にあるからこそ、文学作品を読み、語り、互いに問い掛け合うことが、重要なのだと思います。

私は、いつか、リヴィウを訪れ、みなさんと、問いが響く時間と空間を生みだしたい。

そして、いつか、みなさんも、福島を訪れてください。その時を心待ちにしています。

二〇二三年五月二四日
柳美里（印）

To Everyone at Ivan Franko National University,

War robs us of our questions.
It corners us into believing only one answer.
And when it doesn't, war blocks our path with a "why."
Especially in the midst of war, I believe, reading and talking about
literature and the give-and-take of questions itself are crucial.
Someday I want to visit Lviv, to create a time and space where questions can echo
off one another. And one more thing: all of you, please come visit us in Fukushima.
I'll be waiting for you with an open heart.

May 24th, 2023
Yu Miri

（筆者英訳）

これを日本語と英語で読み上げるなり、一人の男子学生は手を挙げて、冒頭から何度もふれている「問い」という一言について質問しました。

「戦争は、問いを奪います」
「人間を、一つの答えに追い詰めます」
彼は注意深そうに言葉を選びながら、述べ始めました。

「問いはもちろん大事です。けれど今、わたしたちは圧倒的な、一方的な暴力にさらされています。生きるか死ぬかの瀬戸際にずっと立たされています。善い戦争というものはない、いつなんどきでも武器を捨てなさい、平和を第一に、そういうことなのか。そのような問答であるなら要りません。今は、そのことを問う時期ではないのです。先生(キャンベル)はさきほどから平和が訪れたらとか、「平和にならないと」とか、何度も口にしていますけれど、「平和」の代わりに「勝利」と言ってみていただけませんか。ふわっとした着地点の見えない「平和」では、むしろわたしたちの言語も文化も、わたしたちの生命すら脅かされかねないからです」

彼は滔々と語り、席に座り直しました。柳さんが心を込めて書いてくれた言葉の一つひとつに間違いはなく、といって、男子学生に向かってわたくしは論駁する気が起きません。柳さんの言説は、前世紀の日本の戦争から生みだされた重層的な平和思想と国民教育を前提にしたもので、一面的な見方で否定するわけにはいきません。「君、そうだよね」と言ってしまえば、わたくし自身が長く生きてきた社会も、信条も、大切に取り組んできたいくつものプロジェクトの前提も、見直さなければならなくなるでしょう。けれど同時に、ウクライナの地上に身を置き「平和」について考え、語り合おうとするときに、ボフダナさんもすでに述べたごとく、そのボキャブラリーが不明確で雲のように柔らかいゆえに、「正しい」響きの奥に当事者にとっては不穏極まりないものが見え隠れすることを痛感します。「平和」と「勝利」の間に桟橋のような狭い意味の通路があって、わたくしは、日本の小説を片方の手

日本文学について講義を行う筆者

に持ちながら、そこをバランスを崩さないようにして渡るにはどうすればよいのか、考えあぐねていました。

　ウクライナの大学で日本文学を教えるとは、一年前にはとうてい想像がつかないことでした。わたくし自身、高校時代からドストエフスキーやトルストイをはじめ、英語に翻訳されたロシア文学を貪欲に読みふけった時期がありました。ロシア文学には、人間の懊悩に向けたこれほど深い洞察があるにもかかわらず、若い時分からその深みに心を充たしたに違いない人々によって罪の無い民衆が容赦なく攻撃され続けています。彼らや彼女たちには、なぜ影響を与えないのでしょうか。芸術は、今の日本においても、とくにモダン・アートや「純文学」などといわれる作品領域が政治情勢、経済、軍事などとはある意味で隔絶され、それ自体においてのみ評価されるべきものだという見方があります。すぐれて時局的な主題に切り込む表現が政治に接近したとたんに「市民に嫌悪を催させ」、公共空間から退けられるべきだという自治体の言動が目立ちます（二〇二二年五月名古屋地裁判決、名古屋市に対する国際芸術祭「あいちトリエンナーレ2019」実行委員会による公金未払い訴訟。被告名古屋市の主張）。一時は展示が中止に追い込まれた名古屋の「表現の不自由展」で明らかになったのは、公共空間において「政治的」と捉えられるメッセージが明確なほどに芸術の埒外に置かれ、社会の一部に敬遠されているという実態でした。

文学や音楽、そのほかの芸術という豊かな社会資源が、その社会の関心事とは向き合わず、限定された場所で力を削がれていく事実について、私たちは考える必要があります。わたくしは楽観主義者ではありません。文化が、人々の日々の暮らしぶりや生活に直ちに影響を与えるものだとは思いませんし、逆に、そのような訴求性を求めること自体、警戒すべきでしょう。しかし同時に、それらはとても重要で、その社会が不安定なほどに救いをもたらすものであると感じてもいます。今後の数年間で、誰もが考えなければならない、重要な問題です。授業が終わり、オレーナ先生が用意された手料理を先生方と一緒に研究室で食べながら、そんなことを考えていました。

講義のあとは、『戦争語彙集』について、学生のみなさんといろいろと話し合うことができました。この日のために、あらかじめ『戦争語彙集』を読んできてもらっていたのでした。「『戦争語彙集』についてのみなさんの感想を聞かせてください。刊行されたばかりでまだ本屋さんには並んでいませんから、実はみなさんはファーストリーダー、最初の読者になります。様々な角度から見ることができる本で、どこからでも始められます。どの話があなたを惹きつけましたか。誰もが共有する単純な言葉で、この本はできています。誰もがリンゴが何であるかを知っていますし、誰もが猫を好きです。経験を理解したり、共感したりするために非常にアクセスしやすい方法が採られていると思います。この本について、何か質問はありますか、それとも感想はありますか。それでは、どうぞ、あなたから」

リヴィウ大学の学生たち

「この本は、感動的で表現力が豊かだと思います。この状況において、表現力が豊かであることは本当に重要です。なぜなら、全世界の人々に、私たちの意見に耳を傾けてほしいからです。そしてもちろん、私たちの苦しみや災難にも注目してほしい。この本の中で特に感銘を受けたのは、「お祈り」という話です。二人の女性が避難しながら、とても怖がっている状況にあります。そのうちの一人はイスラム教徒の女性です。彼女はずっと自分の言語であるアラビア語で祈っている。隣に座っていたウクライナ人女性にとって、それは理解を超えるものでした。祈りについて全く知らなかったので、彼女は祈ることができません。そこで彼女はイスラム教徒の女性に「一緒に祈っても良いですか」と尋ねました。何も理解できませんでしたが、アラビア語の祈りに参加するのです。それは守りを求める祈りでした。二人の女性は、神による保護、防御を見つけようとしていたのです。とても印象的でした」

《占領された街から乗り物で脱出しようとしたときのこと。隣に子ども連れのムスリムの女性が座っていました。夜でしたが、漆黒の闇の中、窓の外には灯りひとつ見当たらず、そのため余計怖く感じました。敵軍の検問所をいくつか通らなければいけないけれど、そこでどんな目に遭ってもおかしくないことは分かっていました。誰かがこう言いました。畑の中や道路脇にはいろんなものがあるから、暗くてよかったわよ。夢に出てくるからさ、と。わたしは、もう夢なんかろくに見られなくなっていますけど。

道路を走っている間、わたしは願い出ました。わたしはただ怯えていましたが、隣の女性はひたむきにお祈りを唱えていました。「一緒に祈ってもいいかしら。わたし、お祈りをひとつも知らないの」。彼女はわたしに教えてくれました。「アウドゥ・ビラヒ・ミナシャイタニール・ラジーム」。

それは悪魔を追い払う祈りでした。

今でもしょっちゅう口ずさんでいますよ、そのお祈りを。一篇知っているだけで充分。そもそも神様に頼み事をしたとしても、悪魔から守ってくださいとしかわたしは言いませんから。》(「お祈り」)

「祈りに参加してもいいですか、と尋ねた女性がとても正直であることに、わたくしも感動しました。どうやって祈ったらいいのか分かりません、と。彼女には助けや保護、救いを求めるために祈るという習慣がありませんでした。この夜、爆撃から逃げている困難な状況の最中に、隣にいた女性から聞こえてきたのが祈りの声だったのですね。彼女は、突然、宗教に熱心になったわけではありません。祈りの声のトーンが、この二人の間にある種の共通性や連帯感を生み出したのだと思います。共鳴する瞬間、それはとても美しいと思いました。本当に美しい物語です」

「メガネの男性の方、どうぞお願いします」

「私の心に一番強く触れたストーリーは、車のナンバーについての話です。ロシアの軍隊が、車に乗ったウクライナ人を殺したとき、人々は死んだ人の名前を知りませんでしたから、死者たちのためにそのナンバーを使いました。戦争以外のときであれば、私たちの身の回りの多くのものは、普通のものです。例えば、車のナンバーもそうです。戦争のとき、人が死んだとき、その車のナンバーはその人自身を伝えるものになりました。車のナンバーが、人になったのです。だからこの話は、とてもよく私の心に触れました」

《ブチャでめちゃくちゃに撃ち抜かれた「自動車の墓場」は誰もが写真で見ていた。けど、オレが見たのはちょっと違う景色。自動車人間の墓地。どういうことかって？こういうことよ。

ロシアのファシストどもに砲撃された車の中から遺体を引っ張り出したとき、身元を特定できないことがたびたびあった。身分証明書を持っていなかったり、原形をとどめないほど焼かれてしまったりしていた。そういうわけで、埋葬した後にせめて誰か分かるようにと、墓標代わりに自動車のナンバープレートを引っかけていったのさ。

ナンバープレート・ピープル。つまり自動車人間ってわけよ。》(「ナンバープレート」)

「「ナンバープレート」ですね。車の番号。ナンバーは、平和な時であれば、社会を秩序よく運営するためのインフラですよね。車に乗ったまま爆破され犠牲になった人々を弔うときに、墓標の代わりにナンバープレートを一つ一つ掛けていった。こんなことがあるのかと調べたのですが、四月に実際に起きたことだとわかりました。車のお墓のような映像もたくさん見ました。言葉の意味が、戦争によって瞬時に、一瞬にしてひん曲げられてしまう、変えられてしまう。オスタップさんは、避難者の言葉を聞きながら、そのことにいち早く気づいて、強調しています。まさに辞書、字引きですね。語彙集であることが、すごく大切だと思います。平和な時にはナンバープレートであるものが、人々の死の証し、生きたというアイデンティティを担保するものになってしまった。非常に重い話ですけれども、その通りだなと思いながら意見をうかがいました」

「次はそちらの女性の方、お願いします」

「「林檎」に、とても共感しました。私のように家の近くに避難所がないウクライナ人には、とても良くわかるお話だと思います。私も家族と一緒に、バスルームに何時間も籠りました。

バスルームはとても狭くて、人が多すぎて、外では爆発が起きていました。そこが似ていますし、この物語が私の記憶と重なります」

《その夜わたしは、戦争が始まって以来最も大きな爆発音を繰り返し耳にしながら、毛布やら枕やらをめいっぱい放り込んだ浴槽の中で眠りにつこうとしていました。

その昔、わたしは燃えるような恋をしました。初めてカルパティア山脈にある山小屋に二人で出かけていくと、秋はもう深まっています。浴槽と大して変わらないほど寝心地の悪い屋根裏部屋のベッドの上で二人一緒にうとうとしながら、わたしは耳を傾けていました。庭中の林檎の木から、果実が一個また一個、地面に落ちてきます。熟《う》みきった大きな林檎が夜通し、測ったような間隔で、とすっ、とすっ、と落ちてきます。わたしは幸せでした。

そして現在、わたしは爆発の音を聞きながら眠りにつこうとして、林檎の音を聞いたのです。庭の林檎の実だけがわたしたち皆のもとに落ちてくればいいのに、と心から思います。》（「林檎」）

「彼女は、自分の身を守るために、タオルや枕、毛布などを持って毎晩バスタブで過ごしました。そして、とても狭くて不快なバスタブで夜を過ごす中で、一緒にカルパティア山脈へ行き、おそらくとても美しい秋の夜を一緒に過ごした恋人のことを思い出します。彼女は一晩中、熟したリンゴが地面に落ちる音を聞いていました。彼女は、その時とても幸せだったと言います。そして、現在に戻り、周囲のミサイル音がリンゴの落ちる音だったら良いのにと思います。彼女は、人生の甘くて美しい時間の記憶と、恐ろしい状況とを組み合わせています。わたくしが読んだ最初の物語の一つで、感動しました。そして、この文章にもっと近づきたいと思いました。そこから翻訳を始めて、『戦争語彙集』により深く関わっていくようになったのです。共有してくれてありがとう」

「そちらの黒い服の女性の方、どうぞお話し下さい」

「この本を読み始めたとき、私はこれまでの自分の人生や自分が経験してきたことについてたくさん考えました。「結婚式」の話を読んで、戦禍を逃れて静かな都市にやって来た人々のことを考えました。そして、去年の春の終わり頃、私に起こったことを覚えています。ある日、バフムートの近くに住んでいた家族が、私たちのところに来ました。ロケット弾が彼らの家に飛んできたので、数日間泊まらせてあげてほしいと、友人から頼まれたのでした。問題ないです、と答え、彼らがやってきました。どのようにして私たちの街にまで逃げてきたのか、夜遅くまで語り合いました。誰かの目を見ると、その人が何を考えているか、何を感じているかわかりますよね。幸せなのか、悲しいのか、感じることができます。でも、その女性の目は、何もないかのように空っぽでした。彼らは「すごい、ここには緑の草がある。あそこには鳥が飛んでいるのが見えるよ」などと、よく言っていました。彼らの街では花も咲かず、木に葉っぱがないから鳥も来ません、ひどいものだと。この『戦争語彙集』という本は、残念ながら、第二部、第三部と、これから戦争が終わるまで続くと思います。そして、この戦争はいつ終わるのか、わかりません。人々がこのような体験をしていることは非常に悲しいことです。このような物語がたくさん生まれている困難な時代に、私たちは生きています」

《弟の結婚式を二月二二日に行いました。戦争が始まるという噂はあったけれど、動きはなかったから心底ホッとしていました。その後、一週間か一〇日くらい経って、弟夫婦はマリウポリから避難することを決めました。スーツケースに荷造りをし街を出ようと幹線道路に向かいました。車が拾ってくれるように、わたしは段ボールに「ザポリージャ」と大きな文字で書いて渡しました。このようにして、彼らは「ハネムーン」に、はじめての「新婚旅行」に出かけて行ったのでした。》（「結婚式」ヴィオレッタ）

「バフムートから避難してきた家族との経験を共有してくれて、ありがとう。花がまったく咲かないような状況を想像するのは、困難です。すべてが燃えてしまい、何も生き残ることができない状態なのですね。『戦争語彙集』のプロジェクトについては、オスタップさんは、最後までやり遂げるつもりだと言っていました。戦争が終わるまで続けると。今後は奪還した街に住み続けていた人々や戦地にとどまった兵士たちからも話を聞こうとしているそうです。今起こっていることを目撃し続けることは、本当に重要だと思っています。おそらく将来、何が起こったのかを法的、道徳的、または別の方法で判断するための重要な証拠になるでしょう。アーカイブを継続し、記録を蓄積していくことがとても大切です。それはまた、生き残れなかった人々を追悼し、敬意を払う方法の一つでもあります。自分がどのように貢献できるのかわかりませんが、わたくしがウクライナ語から遠く離れた言語に翻訳していることも、プロジェクトの一部なのだと思います。現在もプロジェクトは継続中である、そのことを含めてコンテンツなのです。

『戦争語彙集』の中には、非常な苦痛を伴うものや、すぐには共有できない話もあります。しかし、本を媒介にして、人々はお互いの痛みを乗り越えることもできます。一二年前、日本では大きな地震が起きました。津波によって甚大な被害がもたらされて、福島の原子力発電所が爆発しました。その直後から、月に数回、わたくしは友人が家族で経営している温泉旅館に通い続けました。その温泉地は、宮城県の内陸部にあって、避難所に滞在できない人々のための二次避難所になっていたのです。友人によると、多くの人々が落ち込んでいて、部屋に籠って災害の公共放送ばかり見ている状態でした。そこで私たちは、読書クラブを立ち上げました。年配の人もいましたので、大きな活字で書かれた短編小説などを用意しました。避難した人々に共通点はなく、全員がまったく別々の個性の持ち主です。お互いのことを知らないですし、知る意欲もない状態なのです。みんなで同じ短編小説を読んだ上で、登場人物の一人になったらどんな感じかを想像したり、自由に話し合いました。感情が昂揚して意見を言い合ったこともありましたし、笑ったり、泣いたりしました。物語や詩を介することで、自分を開くことができます。物語を共有することで、損得勘定なしでリラックスしてお互いを信頼し合うことが始まるのです。安全な場所をつくり出す方法の一つが文学なのです。

証言を共有することは、同じ経験をしたことのない人々の心に強く残ると思います。遠く離れていても、読み進めていくと他者たちの経験を分かちあえるような共通の場が見えてきます。そうすることで、毎日見るニュースとは異なる方法で、ウクライナで何が起こっているのかを考えることができるのです。それは、より人間にそくした、個人的な事実であり、いっそう共感しやすいものです。現在これほど短期間に、非常に多くの言語にこの本が翻訳されている理由の一つは、それだと思います」

「次は、そちらのTシャツの男性の方、いかがですか」

「私の印象を言えば、この本の中には、悲しい気分になる話もありますが、愉快な気分にさせる話も載っていると思います。また、勇気を覚えるような話もありました。恐ろしい話ばかりではなく、面白くて笑えるような話もあります。たとえば、「稲妻」という話が、私にとってはそうでした」

《わたしの身体《からだ》にタトゥーが何個かあります。ずっと昔、高校時代に入れたんですが、深い考えもなくその時のノリで彫ったんですね。カッコいい形をチョイスしよう、と。なぜ選んだのかは、今では上手く説明できないものが多いです。わたしはまったくの別人になってしまったから、自分が同じ身体にいること自体、めちゃくちゃ奇妙な感じがします。

手短かに言うと、ほらここ、乳房の真下に、稲妻のタトゥーが入っています。見せましょうか。これがあることが、占領地域を出る際に一番怖かったです。検問所のロシア人たちが、ウクライナへの愛国心を表したり、彼らの目に過激に映るようなタトゥーを探しているぞと、聞かされていたからです。わたしは自分のタトゥーがSSのマークやその類のものを連想させるんじゃないかとヒヤヒヤしていました。彼らが何を考えるか、見当もつかないからです。

ともあれ、道を走っていて、検問所まであと一キロあるかないかというところで、わたしは喉がつかえてものも言えません。おそらく、人生で最も恐ろしい瞬間でした。どれほどの人がそこで消息を絶っているかも、どれほどの車両が彼らに銃撃されていたかも、わたしは知っていました。そこへ突然、雷が鳴ります。子どもの頃に聞いたような、遠くからゴロゴロと響く雷の音で、爆弾が破裂する音と比べて全然怖くありません。ほぼ次の瞬間には、バケツをひっくり返したようなどしゃ降り。川のように水が流れる道を、検問所へと向かいます。よく見ると、検問所はどうやら空っぽのようです。ロシア人たちはみな、雨宿りをしにどこかへ身を隠していたのです。そのうちの一人が、離れた場所からこちらへ歩き出しながら何かを叫んでいます。手を振って、先へ進めと指示していたのでした。

その後、わたしの稲妻に助けられたなとみんなで笑い合っていました。あんなに怖い思いをさせられた、わたしの稲妻のタトゥー。》(「稲妻」)

「ありがとうございます。女性の乳房のちょうど下のところに、稲妻のタトゥーがあるのですね。日本語では「雷文様《かみなりもんよう》」と言いますけど、彼女はそのような形のタトゥーを入れている。ある時、占領された区域から外に出ようとしたら、検問所がある。ロシア軍による検査を受けて、もしナチスのシンボルに間違えられたら、自分の存在そのものが、かき消されてしまうのではないか。自分の身体に刻まれた消すことができないもの、高校時代に深い意味もなく遊びのつもりで入れたタトゥーが、自分の命を危険に晒すものになってしまったという話ですね。

勇気を感じるというのは、わかる気がします。いまの「稲妻」の最後のところもそうだと思うのですが、『戦争語彙集』を読んでいると、時には、笑いを込めてくると言いますか、大変な状況において、それでも自分のユーモアを捨てない人たちがいることを感じるのですね。いまの方の発言に刺激を受けてのことなのですが、例えば、「シャワー」という話について、みなさん、いかがでしょうか」

《激しい砲撃を浴びている最中のシャワーはマジでおススメしない。すべてのお楽しみは台無しだ。いつも頭をよぎるのは、今もし砲弾を食らったらどうなるの？　ってこと。ケツも泡だらけの、むき出しの戦争犠牲者さ。》（「シャワー」）

「おそらく若い男性だと思いますけれども、「いやあ爆撃の最中に、シャワーを浴びるもんじゃないです、あれは大変です」と。「泡をいっぱい立てている時に、そこで爆弾が落ちたら、自分がどういう状態で発見されるか、想像してごらん」と、ちょっと笑いながら話をしているのでないかと思います。あるいは、もう一つ、「禁句」という話はどうでしょうか」

《今までだったら、めちゃくちゃウケることがあれば軽々しく「爆ウケ」と言ってみたり、凄えなと思うことにはテンションが「爆上がり」だったり、頭に来る時は「爆おこ」していましたよ。何かをすっぽかしたり聞き逃がしたりした日には、「オレ今、戦車の中だから」とうそぶいたりしてさ。

けど、今は言えません。禁句になったんです。》（「禁句」）

「『戦争語彙集』に恐ろしい話が収録されているのは、その通りなのですが、すべての話が恐ろしいのではなく、少しだけ明日へと向かうような、記憶の中から平和だった頃の自分を想起しながら、今日まではこうだったから、明日はそうなるようにと語っている、その語りの中に明日が少し見える、そういう話を読むことができます。この「禁句」という話は、まさにそうだと思うのです。再び元には戻れないかもしれないけれど、普通にご飯を食べたり、人と恋をしたり、家族と一緒にいたりすることができるという、希望のようなものが見える話があります。そう考えると、人間とはすごいなと思わざるを得ません。頭で考え抜いて語っているのではないと思います。なにかどこか吹っ切れているというか、とにかく自分の均衡を保とうとすること、バランスをとることが重要であり、その先にいつかは世の中がもっと明るくなることを信じている、そのような精神の気配を感じる文章に出会えると思います。ある種のユーモアが込められていて、そういうところにも、その人の体験における本当の意味での感情が表れているのではないでしょうか。情動、まさに人間の喜怒哀楽を大きな弧で描くのが、この一冊だと感じています」

「いまのお話に、付け加えてもいいでしょうか」

「もちろんです、どうぞ。先ほどのTシャツの方とは、また別の女性の方ですね。この大学の教員の方でしょうか」

「はい、そうです。この本を読んで、そしてあなたのお話をうかがって、ジョン・ダンと彼の有名な言葉について思い出しました。「人間は誰も孤島ではない。いかなる人も、大陸の一片、主要なものの一部なのだ」という言葉です。人間は、私たちは、みな分離できない、私たちは孤島のようなものではない、孤島のような人間はいない、というものです。私たちは皆、大陸の一部であり、全世界の一部であり、魂です。私たちは団結しなければなりません。世界のどこかで何か問題が起こっていたら、私たちは世界のどこにいても安心を感じることはないと思います。いま、ジョン・ダンの言葉をかみしめています」
「ありがとうございます。いまの名言につなげて言えば、人間という存在がそうであるように、言葉もまたそうであるかもしれません。もちろん、言語の違いはあります。けれども、ひとり一人が持っている言葉、その人にとっての大切な言葉は、他の人にとっても大切な言葉になり得るわけです。私たちは、言葉を介して、自分より大きな存在と繋がることが可能なのです。言葉と共に生きることができれば、人は孤立しないはずです。そこにこそ希望がありいます」

教室での対話は、部分と全体の話に行き着きましたが、改めて『戦争語彙集』が「辞書」のような形式をとっていることの意味を考えました。『戦争語彙集』には、起承転結がありません。人々の話に付されたタイトルのアルファベット順で並べられているだけです。全ての話が並列に配されていることは、文字通り甲乙はつけがたく、非常時に乗り合わせた船のごとく貴賤もなく、すべてが同距離にあって、かつ同等の価値を有する語彙として世界に現れています。未来を見通せないという戦時の時間のあり方も、象徴しているように思えます。

アルファベット順は、日本語の場合でしたら五十音順になります。五十音図を思い浮かべてみれば、そこに並んでいる仮名文字のうち、どの文字が一つ欠けても、日本語を表記することはできないことがわかります。そして、母音と子音の区別はありますが、どの文字が優れているとか、どの文字が劣っている、ということはありません。すべての文字が、ひとしなみに書記言語としての役割を持ち、かつ連環します。個体であり、また等しく全体を構成しているとは、このようなことではないでしょうか。五十音図の淵源をさかのぼると、悉曇《しったん》に行きあたります。悉曇は、日本ではインドを代表する文字とされました。「梵字」とも呼ばれます。一つ一つのすべてが全体の構成要素であり、どれ一つが欠けても全体が成立し得ない、あらゆるものがひとしなみに尊く、それは上もなければ下もない、曼荼羅のようにすべてが平らかな世界の様相を具現します。

日本の文芸にも古くからある概念枠《パラダイム》と言って良いものです。共通する状況を一つの括りとして、異なる事象を並列的に述べきたる「ものは付け」(『枕草子』)、あるいは江戸時代の戯作などで用いられる「吹き寄せ」など、多彩な構成技法があります。土卵《どらん》という京都在住の俳人でもある戯作者が記した洒落本『粋庖丁《すいぼうちょう》』(一七九五年刊)では、都の花街《かがい》の風俗を、『枕草子』や『徒然草』に倣いながら「心地よき物」「きのどくなる物」といった章題で、狭隘な土地で起きるありとあらゆる事象を短く直截的な文章でうがってみせています。遊女の世界に積み上げる「きたなき物」は、「夕涼の昼のけしき、身仕舞部屋の煙草盆、借蒲団《かしふとん》の裏の汚穢、大長屋の雪隠、煮物の中へ飯粒の入たる……」というように、ランク付けされない言葉の連なりで成り立っているのです。論理や思弁からは得られない独自に混ざり合った表象思考で、読者はその積み重ねの上に立って時代の断面を見ることができるのです。

『戦争語彙集』の「辞書」のような形式では、すべての人の経験が、切り取られたままのむき出しのかたちで、人間の営みとして表されているのではないでしょうか。アルファベットも、仮名文字も、どれも一つ一つが、欠くことのできないものです。同じように、『戦争語彙集』の話を語っているおおぜいの「私」は、代替が効かない「私」であるのです。オスタップさんが当時のとまどいを隠さず語ってくれた全面攻撃直後のリヴィウへの避難者の流入と同じように、『戦争語彙集』も形式の性質からして変化を遂げ、膨らみ続けなければなりません。そのようなメッセージが様式自体に込められているように思えてなりません。

講義のあとのディスカッションも、終わりに近づいてきました。戦時下の大学の教室に居ること、その緊張感を共有しつつ、私たちは、文学について、芸術について、言葉について、『戦争語彙集』について、さまざまに議論を重ねました。学生たちとの対話を経て、心地よい疲労感のもと、わたくしは、戦争という状況のなかでも文化的な精神活動が、人々に生きる意欲と明日への活力をもたらすことを確信したのでした。

「他の学生からの発言は、ありますでしょうか。大丈夫ですか。よろしければ、わたくしから一言、最後に申し上げたいと思います。おそらくみなさんの中には、実際にこの本を読んで、感じたことや考えたことを言葉にすることが、つらいと思われた方もいたかもしれません。みなさん全員にとって厳しい課題だったかと思います。応答していただいて、本当に感謝しています。翻訳を進めるにあたって、新たな理解と決意が生まれました。このような本が、実際にその社会で生きている人々にとってどのような意味を持つのか、いくつかの新しい視点も得られました。

みなさん、勉強を絶対に続けてくださいね。あなた自身とあなたの周りの人たちを強くするために、学んだことを活用してください。それから、日本語を勉強している人は、ぜひ日本への留学を検討してください。複雑で興味深く、多様性に富んだ場所です。もし来ることがあれば、わたくしを探してください。わたくしは、すぐに見つかります。一緒にお茶を飲んだり、散歩をしましょう。それではこれで終わりたいと思います。ありがとうございました」

四

ブチャの団地で、屋上から見えたもの
――引き裂かれたランドスケープ

六月一四日朝、雲が取れて快晴、一八度。今日もホテルの食堂では観光客は一人も見あたりません。体格がよくて単身で働きに来た風の男の人や、親戚に会いに来たらしい小さな子ども連れの家族、視察に来たという各国の支援機関の職員など、宿泊客はパラパラとビュッフェの向こうに設えられたテーブルで静かに食べています。ここでもそうですが、ウクライナに渡って二週間、まれにアフリカ系の人とすれ違ってもアジア系の人とは一度も出会わず、地元の大手ホテルで白人しか会わないというのも、この戦争がもたらす現実の一つだと感じました。

戦争中にもかかわらず、食堂の朝ご飯はつねに充実していて飽きさせません。バランスの良い朝食で旅人は一日、元気に走り回れます。この日はアップルクレープに赤スグリジャム、カーシャ(炊いた蕎麦の実)、チーズスフレ、茹で野菜、鶏の煮物、アーティチョーク、豚挽き肉のクレープ、マッシュルーム、ドライトマト、キャベツの酢漬けを大皿に盛り付け、飲み物はブルーベリーの入ったケフィールにしました。新鮮な食材を活かした淡泊な味付けには

毎朝感心しました。熱々のエスプレッソ・ドッピオを引っかけてから出かけていきます。

リヴィウから首都キーウまで、NHK取材班の車に乗せてもらい、幹線道路をひたすら北東に向かい走行しました。キーウまでは、およそ八時間の道のり。気温が少しずつ上がり二四度。窓の外には六月の畑が青々として、遠方にはなだらかな丘陵地帯が広がり、所々の高台に小さなお城のような館が見えました。眼下には牛たちの放牧地もあります。正教会の黄金ドームが薄日に輝いて、緑に美しく映えています。途中、キーウの南西にあるコルニンスカという場所にあるガソリンスタンドに立ち寄ると、ピカピカに磨かれたイート・インのカフェとコンビニを合わせたような施設がとなりにあり、生ハムの野菜サラダとクリームをふんだんに織り込んだチェリーケーキでお昼を済ませました。

キーウの手前にさしかかったとき、左手に深い森が見えました。あの森の向こうには去年の三月、この世の地獄だったイルピン市街そしてブチャ市街が広がっているはずです。ロシア軍は二〇二二年二月二七日にブチャ市街に入り、その後およそ一カ月にわたって占拠を続けたのです。

わたくしは翌日、ブチャに住む詩人オレーナ・ステパネンコさんのお宅にお邪魔することができました。『戦争語彙集』には、オレーナさんが語った「猫」と「戦車」という二つの話が採録されています。

キーウの郊外にあるブチャには一本の二車線道路を北上して、五〇分ほどで到着します。

近づいたところから車が急に揺れだします。「走りにくそうですね」と運転手さんに言うと、去年、キーウを目指して南進してきたロシア軍の戦車の列が、凸凹《でこぼこ》が始まるちょうどこの辺りまでやって来て、ウクライナ軍に行く手を塞がれました。戦車のキャタピラが路面にメリメリとめり込んで出来た凹み、その上をいま走行しているわけだと、丁重に教えてくれました。おぞましい行軍が道路に刻んでいった痕跡。オルゴールの金属ドラムに刻まれた突起のように、その一個ずつが私たちの車体を揺らし、そのつど微細な振動としてわたくしの身体《からだ》を通り、何とも言えず不快な疼きを生みだしました。

オレーナさんは自宅玄関前の児童公園で待ってくださっていました。更地の公園にはロシア軍の撤退後、色とりどりの軽便な遊具とベンチが設《しつら》えられていました。隣接して煉瓦造りの変電設備があり、公園に面したその壁一面には、フィンランド生まれでウクライナでも人気のモバイルゲーム「アングリーバード」(怒りんぼうの鳥たち)の熱いバトルが描き込まれています。「アングリーバード」のゲームは、平和に暮らすアングリーバードたちの生存が危なくなるところから始まります。素性の分からない緑色のブタ軍団が彼らのタマゴを盗もうと、大きな船に乗り込んでバードアイランドを襲撃。ゲーマーは、スリングショットでバードたちを飛ばして、欲張りなブタたちの防御を破って

児童公園に隣接する変電設備の壁に描かれた「アングリーバード」

大切なタマゴを取り戻せ！　というのがゲームの主旨になっています。他者のタマゴを奪っておきながら、ふてぶてしくにやけた顔をするブタ軍団ですが、壁に描かれた場面では、打って変わってバードたちが空中から放つパワーを浴びて、吹き飛ばされています。大げさに困っているブタの顔がなんともおかしい。

オレーナさんによると壁画は二〇一五年頃に描かれているそうです。すると、ロシアによるクリミア半島の一方的な併合と領土への侵攻が始まった直後にデザインとして選ばれたことになります。全面戦争の開始とブチャの虐殺から振り返ると、この絵がこの場所にあることに因縁めいたものを感じずにはいられません。まさにウクライナ兵士が路上に停まった敵軍戦車を一台ずつ、ジャベリンという手持ちの対戦車ミサイルでやっつけ、この街もその先に広がる首都も救済したという防衛行動をなぞるような寓話に見えて来ます。いや、寓話というにはリアル過ぎて、眺めながらわたくしは先ほどの凸凹した道路のリズミカルな振動を思い出し、身を竦めていました。公園には、一人の若いお母さんと、その子どもがブランコに座って遊んでいました。

公園の真後ろに建つL字型の集合住宅は一一階建てで、塗り立てらしいアイボリー色の外壁が紺碧の空によく映えていました。

オレーナさんの自宅のある集合住宅

部屋の壁の前に立つオレーナさん。当たった太陽光が内側から光っているのではないかというくらい明るく染め上げて、きりっと刈り上げた金色の髪。両肩からドレープした麻織り物のチャコール一色に染めたワンピースがコントラストをつくって、目を惹きます。左胸で重たげに折り込まれた襞は、大ぶりな円形ブローチで留めてあります。ブローチの中は、ウクライナ伝統工芸の一つに数えられる精緻な絹刺繍で、細かく縫いだされた黒地に薔薇の花のリースの上には小鳥が一羽、羽根を休めています。一〇年ほど前に女性職人に頼んで作らせたアクセサリーが一点、際立っていて美しい。

壁の前に立つオレーナさん

「侵攻が開始された当初の様子を、お聞かせいただけますか」

「二三日、私はとても体調が悪くて辛かったです。その日は、できるだけたくさんの鎮痛剤を飲んで眠っていました。お隣りさんから電話がかかってきて、「爆発音が聞こえる！　戦争が始まった！」と言われた瞬間に、私は「冗談でしょう」と言い返しました。なぜなら、ある軍事専門家がインタビューで、ロシア軍はドネツク州から攻撃を開始する可能性が高いと言っていたからです。軍事侵攻が始まったら、避難するために多少の時間の余裕があると予想していました。予想が外れて、私たちはどうすればいいのか、本当に分かりませんでした」

オレーナさん一家の部屋は最上階にあります。一〇階の共有スペースからは、侵攻の第一撃を受けた飛行場を見渡すことができました。

「あそこの飛行場、飛行機が並んでいるのが見えますね。あそこからすべてが始まったんです。ロシアの侵攻が始まった場所、ホストメリ空港です。「ムリーヤ」（ウクライナ語で「夢」、ウクライナ製の世界最大の飛行機）もあそこにありました。ムリーヤが離陸するときは、窓に近づいて、あるいは屋上に出て、私たちの上を飛んでいくのをよく見ていました。まれに非常に低く飛ぶこともあって、本当に大きな飛行機でした」

「空港は民間人の住宅に囲まれていて、この地域には一般の人々がたくさん住んでいます。どうしてこの空港から全面侵攻が始まったと思われますか」

「キーウに一番近い飛行場だからです。侵攻が始まった日、そこには最低限の警備隊しか残っていませんでした。そして戦争が始まると、二六日に第七二旅団が派遣されて、彼らがロシア軍と闘い始めました」

「空港の様子は、どうでしたか」

「あっちこっちで爆発がおこり、煙が立ちこめていて、何かが燃えているのが見えました。私たちはここに立ってそれをじっと見つめていました。ヘリコプターが飛んでいましたが、ウクライナ軍のヘリコプターなのか、それともロシア軍のヘリコプターなのか、全く区別がつきませんでした。侵略されていることは理解していたのですが、どちらが有利なのか、いつ終わるのか、何も分かりませんでした。ご近所さんと、どうすべきか話し合っていました。

みんな、混乱状態でした。ここから逃げなければならないと言われても、車がなければ、どうやって逃げることができるでしょう。車を持っている人は、自分の車に乗って、すでに街を去って行きました。私たちだけが残ってしまいました」

オレーナさんたちが、家を出たのは、二月二五日のことでした。建物の前で、偶然に一台の自動車を見かけて、避難できる場所まで送ってくれるように頼み込みました。それは、この辺りで唯一残されていた自動車でした。ロシア軍はすぐ近くまで迫っていて、激しい戦闘の音が近づいてくるのが怖かったそうです。運転手の女性は車を動かすのを嫌がっていましたが、オレーナさんの家族は必死に説得しました。相手を説得するのに精一杯で、自分たちが飼っている猫を連れてくる余裕はなかったそうです。

「猫のためには、水も餌もいっぱい残っていたのですが、避難先に連れて行けなかったので、心配でたまりませんでした。建物に残ったお隣さんにみてもらうようにお願いしました。その後は、猫が生きているかどうかは不明で、ブチャ市から避難した動物たちがいるシェルターなどに電話をして探しました。二カ月後に、やっと建物のチャットグループで猫の写真を見て、お隣さんがずっと預かっていてくれたことがわかりました」

オレーナさんたちが避難した知り合いのアパートは、ロシア軍とウクライナ軍が対峙しているちょうど中間地点に位置していました。毎日、絶えず戦闘の音が聞こえてくるような状況だったのです。ある日、ロシア軍が避難先のアパートに接近してきました。彼らは、突如、ウクライナ軍が待機している方面に向けて砲撃を開始しました。ウクライナ軍を挑発しようとしたのです。もしウクライナ軍が反撃していたら、オレーナさんたちは殺されていたかもしれません。ウクライナ軍が砲撃をしませんでしたので、助かりました。

「避難先にいるのは非常に危なくて、バスでよその地域まで避難できると聞いた時は、これが唯一助かるチャンスなのだと思いました。しかしバスに乗るための集合場所までは、アパートから三〇分くらい走らないといけませんでした。あの日、避難しようとする人、お別れを告げる人をたくさん見ました。そして、そのカオスの中で、とても可愛いキャリーバッグに入っている猫を置いて行ってしまう年配の女性を見たのです。猫はその女性の唯一の宝物だったのかもしれません。その時は、自分が置いてきた猫が無事なのかどうかわかりませんでした。だから年配の女性が猫と別れるところを見るのは、とても辛かったです。猫を置いて行ってしまったおばあさんは、ストレスに襲われてしまっている状態でした。他人からの強い指示に、ストレスのあまり従ってしまったのだと思います。もしこのおばあさんが落ち着いた状態であったならば、他人に猫を捨てるように言われても、猫とは離れなかったかもしれません」

オレーナさんはその時のことを、次のように語っています。

《占領の一〇日目にブチャから逃れるための人道回廊を設けるという発表がありました。わたしたちはすべてをうっちゃって、急いで荷造りをして出かけました。バスは一時間後、市役所の前から出ると言われたから、ほとんど走らんばかりに急ぎ足で。自分たちの前を歩いている赤いパンツを穿いた女性には見覚えがありました。三度も街から脱出を試みたのですが、そのつど、ロシア軍に引き返させられていたのです。上等そうな猫のキャリーバッグを抱えたおばあさんの腕をつかみ、前へ進もうとしていました。何ごとかを説得しようとしている様子でした。

「その猫がどれだけ重いか分かります? 一緒にはとても引っ張っていけないのよ。わたし、いざとなったら猫もあなたも放り出して逃げるからね。けど、あなた一人だったら何とかバスの乗り口までたどり着けると思うの」

おばあさんは、バッグをぎゅっと抱え込んだまま、ずっと泣きじゃくっていました。ところが団地を出ようかというところで足を止め、芝生の上にバッグをそっと置きました。立派な白い猫はおそるおそる辺りを見回し、途方に暮れていました。いっそう激しく泣くおばあさんを、赤いパンツの女性はぐいぐい引っ張っていきました。結局、その日は誰もどこにも出発しませんでした。ただ、領土防衛隊の若者たちが集まった人々を車で家まで送ってくれただけでした。数日来、初めて温《ぬく》もりを感じる一〇分間でした。

おばあさんが猫を見つけられたかどうかは、分かりません。どちらも無事だといいな、と思います。》(「猫」)

あの日、オレーナさんたちが逃げ惑いながら年配の女性を見かけたというその場所を案内しながら、この話をしてくださいました。緑豊かな住宅地として造成された新興住宅地には左右にアパートが並び、その真ん中に植栽があって、木々の間をゆっくりくねった遊歩道が続いています。老婦人が猫を置いていったという芝生は青々として、その上を子どもたちが元気にはしゃいでいる。時々、遠くへ行ってしまった子どもを呼び戻す母親らしき大人の太い声が、鳥の鳴き声に混ざって谺《こだま》しています。たった一年ほど前に起きたあの切羽詰まった状況が、わたくしにはまるで嘘のように思え始めました。こちらの芝生が現実で、目の前にいるオレーナさんが涙を堪え語り直してくれているおぞましい体験は無かったものだ、というふうに。うろたえるような、それ自体、後ろ暗いような錯覚。リヴィウでも何度か味わったもので、戦争と日常とが同時に混ざり合う、言葉では整理しづらいマーブル状の危うさをここでも覚えたのでした。

「戦場から離れている地域にまで避難できるなんて、本当に信じられませんでした。集合場所の市役所に着いてみたら、避難用のバスの到着が遅れていることがわかりました。数時間待たされている間に、ロシア軍の兵士が戦車で近くを通ったりして、避難する市民を脅かしました。わざと集合場所の近くのスーパーを砲撃したりしました。一般市民がたくさん集合しているので、ウクライナ軍が撃ち返してこないことを承知のうえだったのです。心の底からの怒りで、たまりませんでした。まさに悪そのものが存在している状況です。そのため、息子が戦車を見たいと言った時、近くにいたロシアの連邦保安庁に所属していると思われるロシア人にも聞こえるように、「奴らはもうみんな死者だ」と言い放ちました」

オレーナさんはその時のことを、次のように語っています。

《その日、わたしたちは戦車を三回見ました。

一回目は、閉店した自動車整備工場の跡地に足を踏み入れた際、すぐ背後の路地からVの字を塗り立てた装甲車両が一台、突然現れました。わたしと幼い息子、そして五歳と一二歳の娘を連れた女友だちは、生まれてこのかた走ったことのない勢いで走り出しました。大砲でわたしたちを撃ち抜こうと思えば、どんな柵を隔てても命は助かるまい、と分かってはいましたが。しかし撃たなかったんです。息も絶え絶えにとにかく走り続けましたよ。

市役所前のエネルヘティキウ通りには、二〇〇〇人から四〇〇〇人くらいの、子ども連れの女性と高齢者を中心とした人だかりができていました。その通りと直角に交差する道路を再び戦車と通信車が二台走り抜け、薬局に隣接する中庭に曲がっていきました。

三回目、ロシア軍の戦車は、軍事パレードのようにゆっくりと行進し、砲塔の周りには「解放者たち」が自動小銃を抱えて腰を下ろしていました。ブリヤート人なのか、東洋系の容貌をした女性が一人と、男数人でした。銃口はみな、群集に向けられています。どうしようもない怒りと無力感に、わたしたちは打ちひしがれていました。そこへ突然、息子がわたしの服を引っ張りながら言います。「しぇんしゃがみたいの、もっとたかいたかいして！」。

「見るものなんて何もないの、死体が運ばれて行っただけよ」。大きな声で怒鳴ってやりました。

その時、人混みの周りを歩いている私服の軍人ふうの男が、覚えたぞという目付きでこちらをじっと睨んだのです。わたしも同じ表情で睨み返してやりました。喜んでお前たちの墓の上で踊ってやるわよ、というメッセージは伝わったと思います。忍耐強い女ですから、わたし。いくらでも待ってさしあげるわ。》（「戦車」）

「ブチャでは、本当に大変な状況のなかを過ごされました。『戦争語彙集』に入っている話の通りなのですね。息子さんのアダム君は、そのとき何歳でしたか」

「四歳でした」

「まだ四歳なので、戦車を見た時にはとても興奮したのですね。オレーナさんは、戦車は死体ばかりを運んでいる、と答えました。「死体ばかり」とは、どのような意味なのでしょうか」

「戦車に乗っていたロシア兵は生きているけれども、もう死んでいるという意味です。彼らは自分の中の人間的なものを破壊していたので、彼らの存在は物理的なレベルでも消えると思っていたのです。息子は、もちろん戦車を見たがっていました。彼は戦争が始まっていて危険な状況にあることを、まったく理解できていなかったです。ミサイルが飛んできていても、小さな女の子の友達と手をつないで、外に遊びに行こうとしていました。空襲警報が鳴ってトイレに隠れることは、子供たちにとっては、ゲームのようなものでした。トラウマにならないように、私たちもゲームをやっているようなふりをしていました。まだ「死」についてては、何も知らないので、彼は危険であることを認識していませんでした。当時は、まだ話すことさえよくできませんでした」

五月下旬に、オレーナさんは夫と四歳の息子さんとともに避難先から、アパートへ戻ってきました。アパート中の部屋のドアは残らず破壊されていました。ロシア兵たちが、すべての部屋からものを盗んだのです。オレーナさんの部屋からも、パソコンや宝飾品が奪われていました。ロシア兵は、略奪をしながら、下の階から上の階へとだんだんと上って行ったので、下の階の部屋の方が、被害が大きかったようです。家電製品や家具、食器、毛布や枕まで、根こそぎ取られてしまいました。上の階に行くほど、ゴールドの指輪のような軽くて単価の高い貴重品だけを奪って行きました。盗んだものが多すぎて持っていかれなかったようです。オレーナさんは「自分の持ち物を、お隣さんの部屋のなかで見つけたこともありました」と語っていました。

オレーナさんの話を聞きながら、わたくしは『戦争語彙集』に収められた「チョーク」という話を思い起こしていました。それは、二〇二二年三月に行われたブチャの虐殺の記憶とも重なるものです。

《キーウ地方で、わたしたちはロシア軍が拠点にしていた学校へ立ち寄る機会がありました。書類だの捨てられた持ち物だのと色々発見しました。学校中の黒板という黒板には、ありとあらゆるデタラメな落書きが残されていました。

次にわたしたちは、設備機器類が置いてあった半地下に降りていきました。連れ去られた人々は、そこで監禁されていたらしい。同じ場所で訊問もされていたかもしれません。こういう空間は霊的に感じるんですよね。まるで誰かの手がそこからわたしたちを追い出そうとしているかのようで、とても長くいられません。

そうした部屋の一つに入ると、チョークで壁に文字が書いてあります。「助けて。カーチャ」。それだけ。また隅の方には、チョークの欠片が落ちています。その文字を書いたチョークかもしれません。

わたしはそのチョークを持ち帰りました。持っていると、カーチャを見つけるのに役立つような気がして。もちろん、まだ生きていればの話だけれど。わたしはなんとなくこんなふうに想像しました。「きみがカーチャかい？　これ、きみのチョークじゃない？　学校で見つけたんだよ。さあ、助けてあげるよ」。おかしな話でしょう？》（「チョーク」）

「ブチャで虐殺、拷問が行われたことを知った時の気持ちについて、話していただけますか。その時は、どこにおられたのでしょうか」

「当時、私たちはポーランドに居ました。私たちが街を去る時には、まだ残酷な拷問は始まっていなかったのです。ロシア人たちは都市に入れば、住民たちに歓迎されることを確信していたので、多かれ少なかれ、前向きでした。単純に、住民たちの抵抗に遭うとは思っていなかったようです。ウクライナの特殊部隊がブチャ近郊でロシア軍を殺し始めた後に、ロシア軍は民間人を殺し始めました。

路上を歩いている人々が無作為に銃で撃たれたこと、大勢の犠牲者が出たこと、ブチャで起きた残酷な事実を知ることになりました。それを知ったとたん、心がかき乱されました。言葉にするのは、とても難しいです。心が荒廃しました。身近な人がいる、身近な場所で、あのようなことが行われていたことを知るなんて。胸が苦しくなって、ロシア人に対する憎悪が生まれました。最も強い感情は憎しみでした。私は呼吸の仕方を忘れました。息さえしたくなかった。どうしても、ロシア人と同じ空気を吸うのは嫌だった。次の瞬間に、自分の命も、ブチャでの犠牲者一人一人の命と同じように、一緒に消えていくような気持ちになりました。それは本当に恐ろしかった。残虐な出来事について考えると、毎回、毎回、呼吸が止まってしまいます。憎しみを感じることで、気持ちが萎えていくのです」

「ここに出版された『戦争語彙集』があります。日本語を含めて、これからいろいろな言語に翻訳されようとしています。どのように感じますか」

「今となっては、私たちが経験したようなトラウマを、誰もがそれぞれに体験していると思います。この本は、その時点での最も新鮮で正確な経験を伝えるものであり、このような経験をした多くの人々の感情のスナップショットです。『戦争語彙集』は、自らに課した課題を達成したと信じています。将来的には他のプロジェクトもあるでしょうし、他の人の経験を集めることもできるでしょう。一年という時間を経たものなので、これからは違う視点もあり得るかもしれません」

「一つ一つの言葉を切り取って、積み上げることは、亡くなった人たちへの供養の思いが込められていると思います。翻訳されれば、他の国の人たちが読むわけですが、当事者ではない人たちにとって、この本がどのようなものであってほしいですか」

「もちろん、私たちの経験を、他の国の人々に伝えなければならないです。このプロジェクトは国際社会にとって重要です。目撃者の感情を、非常に正確に描写しているからです。すべてのことが起きてから描写されるまでの時間は、ごくわずかでした。とても新鮮な記憶、とても新鮮な傷、とても新鮮な感情を伝えるものだと考えています」

ブチャでの虐殺は、多くの人々に忌まわしい記憶をもたらしました。オレーナさんの話を聞き終えた時、わたくしは『戦争語彙集』のなかのある話を想起しました。それは、スタニスラウ・トゥーリナさんの「熊」という話です。

《白昼の現実よりわたしの眠りの方がリアルです。日中は雑念をちょっとした用事で紛らわせますが、現実は眠っている間に近寄ってくるんです。「理性の眠りは怪物を生む」とゴヤは言いました。いくつもの意味が考えられそうですが、今、一つを選び出して言うのなら「無理を押してでも、現実に抗って考えていなければならない」ということです。

　ところで今日は、子どもの頃に返りたくなりました。そうして戦争のない場所に逃げ込んだのです。幼い頃のマキーウカ、ウスチカメノゴルスクにザカルパッチャ。今、わたしは悲しくなると、もう一度子供時代へと逃げていきます。最初は入学前の成長の過程を一つずつ思い出しました。今はもっぱら熊のことを想い起こしています。自分のテディベアと、もう一つ想像上の、あわせて二匹のテディベアのことです。わたしが小さい方をぎゅっと抱きしめているかと思えば、斑《ぶち》のどデカくて白いぬいぐるみの方がわたしを抱きかかえています。頭の中は空想《ファンタジー》でぐるんぐるん、戦争などありません。口に出して言ってみようかな――「ファンタジー」。なんと素晴らしい響きでしょう――「ファンタジー……」。》（「熊」）

　スタニスラウさんは、去年二月の侵攻直後、自宅のあるキーウへの攻勢が強まり、毎晩のように命の危険を感じながら眠りにつきました。その時のエピソードが、この話なのです。スタニスラウさんが、幼少期から大切にしていたぬいぐるみの「熊」は、命の危険が迫る状況の中で、自分の精神を保つための「空想の対象」へと変化したのでした。

ウクライナ語版「熊」のイラスト

オレーナさんと別れ、その二日後にキーウで会うことができたスタニスラウさんは、三〇代半ばで背が高く恰幅のいい現代アーティスト。赤い野球帽を脱いで語りかけてくれました。「寝る前に何度か妻とお別れをしたことがあります。もしそれが最後の夜だとしても悲しむことはないと。この「熊」に関する短い文章も、そういった気持ちに基づいたものです」と語ってくれました。

しかし戦況が変わる中で、空想に支えられていた日々は一変します。自宅からわずか二〇キロ先のブチャで起きたロシア軍の虐殺で、四〇〇人以上が犠牲になり、拷問や性的暴行などの残虐行為が明らかになりました。スタニスラウさんは精神のバランスを崩し、その後「熊」を空想することすらできなくなってしまったのです。

スタニスラウさんは、「自分の中で何かが壊れ、言葉で遊ぶこともできなくなりました。きのうも悪いニュースを目にし、きょうも悪いニュースを読み、それが蓄積される。そのようにして想像力が壊されていったのかもしれません」と語りました。オレーナさんは、「心が荒廃して、呼吸の仕方を忘れた」と語りました。自分の身近な場所、よく知っている場所で、残虐な行為が行われたことを知った時、人は義憤と無力感がこみ上げ、やがて心が壊されてしまうのです。残虐な行為は、それが終わった後も、新しい犠牲者を生み出し続けているのだと思わざるを得ませんでした。

オレーナさんは、『戦争語彙集』を「多くの人々の感情のスナップショットです」と言われました。分かる気がします。『戦争語彙集』に積み上げられている一つ一つの話は、命の瀬戸際に立たされた人たちが、まさにその瞬間を、写真のように切り取ったものです。その意味では、一人ひとりの言葉は、戦争という巨大な経験を切り取った「断片」であると思います。その時の自分が見た景色や、衝撃を受けた自分の内面などが語られている。何が起きているのか、明日はどうなっていくのか、何もかもが定まっておらず容易に語り得ない状況。まるで水の中で浮かんでいるような状態で語られている。そこが重要な点であり、記録としての価値もそこにあると考えられます。

断片についてもう少し考えてみましょう。辞書というものには起承転結がなく、そればかりか、人間の活動にしたがっていくらでも膨らみうるもので、その上、それ自体が、本来の文脈から切り出された「用例」という文の断片《フラグメント》を構成要素としています。そう考えると、この『戦争語彙集』も、アクチュアルな証言に秩序を付けず、予備知識も解釈も付加することなく、戦争という酷たらしい現実を「むき出し」の「語彙」によって統制しています。オレーナさんの言葉を借りて言うならば、もっとも「新鮮な記憶」「新鮮な傷」そして「新鮮な感情」を呼び起こしうる形式《フォルム》であると言えます。時局の「意味」を俯瞰し判断することは重要ですが、同じように遠くの他者にとっては、当事者の発したとっさの言葉も、携えた身の回りの品も、断片であるがゆえに証言として重視すべきです。時局が峻厳なだけに、我々の耳目に届くものは、声が途中でとぎれてしまいそうな人たちの経験から、ほんの一瞬の祈りや怒りなどが断片的に表された徴《しるし》なのだ、と考えて差し支えないのです。

写真の切り取り、というオレーナさんの感想を聞いて思い出したのは、リヴィウ中央駅のホームで避難者の到着を待ち続けるオスタップさんの姿でした。「テトリス」にも語られるように、人々はペットをはじめ持てる物すべてを積んで乗り込んでいたので、ホームに下りると「普段は目にすることができない、家の中に隠れて」いるアイテムが、バラバラと衆人環視の中で陳列されていった、と。切り取られ、冷たい風が吹き通るホームの床に並んだ「断片」たちに、オスタップさんの目は止まったのでした。

普段は目にすることができない、不完全ながら人の存在を指し示すマーカーのような小さな物は、『戦争語彙集』にも散見します。ずっと昔から「わたしの身体にタトゥーが何個かあります」と語り出すリーザさんのタトゥー(「稲妻」)や、ワレリーさんが学校の半地下の壁で見つけたという「助けて」の文字(「チョーク」)、パニックで混乱する相手を電話で落ち着かせるためにイリーナさんが唱える「数字」(「数」)。あるいは射殺された女の子が残した馬の玩具(「お馬さん」)も、消えた命の焔《ほむら》を表現した断片として理解できるでしょう。

何かの一部分として提示されたものではありませんが、リヴィウの軍事教会で天井を見上げた時に目に入った、戦死者追悼の白い折鶴も、存在の証しと言えます。オスタップさんは、小学校で読んだ、広島の被爆者佐々木禎子さんの生涯を描いた『サダコは生きたい』がウクライナにおけるその習慣の原点ではないか、と言っていました。そういえば、抵抗を許さない圧倒的な暴力の記憶を無数に切り刻まれた断片として捉え、見る人に投げかけるのは、写真家である石内都さんの写真集『ひろしま』(二〇〇八年刊、毎日芸術賞受賞)です。広島平和記念資料館は、常設展示室と収蔵庫に、約二万点におよぶ被爆死した人々の遺品と被爆した品物を保管しています。かつて石内さんは広島に赴き、その中から肌身に直接触れた衣服を中心に選び出して、たくさんの写真を撮影したのです。原形を留めた夏物のワンピースを下から白く光るライトボックスにそっと置くと、「生地が織られ、裁断され、縫い合わされて、その日の朝に着ていた背景が浮かびあがる。戦争と科学の実験の場にされた町に遺る品物は、何も語らず、ただそこに在るだけなのに、ディテイルの過激な陰りと裏腹に、鮮明な彩色と上質な衣布(ぬのごろも)のテクスチャーに思わず息をのむ。光の中を漂う時間の糸が無数に交差して、記憶の泉になっていく」そうです(石内都「在りつづけるモノ達へ」『ひろしま』)。むき出しの、見まがうことなき実存の断片であり、証言の集積です。

このように、今回のオレーナさんとの対話を通して、わたくしの内には、巨大な体験を切り取った、言葉の「断片」というテーマがはからずも立ち上がりました。わたくしの思考は、ウクライナから遠く離れた日本の広島に移り、広島出身の一人の詩人へと導かれて行きました。その詩人の名は、原民喜です。彼自身が被爆をしたのですが、広島の街を、まさに生死の境を彷徨うかのようにして歩き回り、原爆投下直後の様子を切り取った、言葉の「断片」を数多く残したのでした。手帳に記されたメモをもとにして、後に小説『夏の花』が書かれます。手帳に片仮名で書き付けられた言葉の数々には、小説とは違った迫力があります。原爆投下という巨大な体験を、詩人が必死の思いで切り取った、かけがえのない貴重な「断片」なのです。

《紙屋町デハバスノ行列ガ立ツタママ死ンデ居リ　前ノ人ノ肩ニ死骸ハ手ヲカラメテヰル　西練兵デハ二部隊ガ殆ドヤラレタ　川ノ梯子ヲ昇リカケタママ　死ンデヰル姿モアル。

私ノ見タトコロデモ死骸ハ大概同ジヤウナ形ニナツテヰタ　頭ガヒドクフクレ　顔ハマル焦ゲ　胴体モ腕モケイレン的ニフクレ上ツテヰル　火傷者ノ腕ニ蛆ガ湧イタリスル十三日後ニナツテモ広島市デハマダ整理ノツカヌ死骸ガ一万モアルラシク　夜ハ人魂ガ燃エテヰルト云フ。》

（原民喜「原爆被災時のノート」）

オレーナさんは、「戦車」の話について、「まさに悪そのものが存在している状況です」と語ってくれました。無力感と憤りの混ざり合った思いで悪に向き合ってきたわけですが、わたくしが帰国後、彼女から一通の便りが届きました。一度は置いていってしまった愛猫のジーヴズは、秋の訪れとともに息を引き取った、と。ジーヴズは元々スコットランド由来の種類の猫なので、その国花アザミの模様を青い糸で縫い上げた白いクロスに包み、窓から見えるあの飛行場の近くに埋葬してあげたそうです。穴を掘っている間に、横のロカチ川から三羽のピンクヘロンが飛び立ったと言います。オレーナさんは後に、懇意にしている陸軍部隊のメンバーに掛け合い、ロシア軍の塹壕を狙う一二二ミリ口径の炸裂弾に猫の名前を書きつけてもらいました。発射されて、雑木林の中の塹壕に当たって大きく炸裂するところをドローンから空撮した動画も、共有してくれたのでした。何とも言えず遣り切れない、悲しい気持ちで数回その動画をわたくしは再生しました。

原爆も戦争そのものも、はかりしれない巨大な「悪」にほかなりません。言葉に生きる人間として、命がけで巨大な悪の「断片」を言葉で切り取ろうとした詩人のいとなみが、はるかなウクライナの空のもと、『戦争語彙集』につながっているような感覚が、わたくしの胸のうちに去来しました。

巨大な「悪」を前にして、ひとりの人間、一個人は無力な存在かもしれません。それでも、一つ一つはささやかな「断片」であっても、ひとり一人が存在をかけて、巨大なものを言葉で切り取った「断片」を積み重ねていくことができるならば、いつの日か、その「悪」を押し留めるような抑止力になるのではないか、という微かな希望を抱いたのでした。

五

シェルターのなか、日々をおくる
――とどまる空間で、結び合う人々

人形劇場での公演は演技も演出もあまりにも素晴らしかったので、観ておくべきものは他にもあるのではと、インターネットで調べてみました。すると、リヴィウ国立オペラ劇場の開場一二〇周年を記念して、この六月にはオペラが一二演目も上演されているというので喫驚しました。それでは席が空く日はないかと探してみると、金曜日夜、演目はプッチーニの『トゥーランドット』で申し分ない。一階七列目の中央という願ってもない特等席が一つだけ残っているのを見て指が小躍りして、即決で購入しました。観劇料は五〇〇フリヴニャ。当時の為替相場で約一九〇〇円也、という信じられない安さ。日本の映画館なみの値段でクラシックオペラがSS席で観られるのなら、劇場の四階席までがいっぱいになるのも無理からぬことです。

夕方に出かけてみると、長い公園通りの行き止まりにネオバロック調の劇場があり、その前に人だかりが出来ています。大建築で、一九〇〇年竣工。入場が始まり、足を踏み入れると白と金色に輝く装飾が鮮やかな内装には臙脂色のベルベットの緞帳、木製の客席に緞帳と

同系色の張り布が張ってあって座り心地がよい。見廻すと、お粧《めか》しする観客はほとんどいません。老若男女のバランスも良く、四〇がらみの男性が大勢いて、良い席ほど、清潔な白い木綿に刺繍を施したヴィシヴァンカを着こなしている人が目立ちます。ロビーで立ち話をしている地元出身らしき軍服姿の若者がチラホラいて、その中には右足首から下を切断された青年もいて、松葉杖に寄りかかって、家族と雑談しています。一時帰省したり、治療のために故郷に滞在したりで、家族と一緒にオペラを観に来ているのかしらと遠目に見ながら想像していました。

場内の照明が消えると指揮者がピットの前方に現れます。静まった客席から拍手が起こります。世界中どこでもありそうな光景ですが、次の瞬間、驚くことに、指揮者は拍手の音を遮《さえぎ》るようにタクトを振り下ろします。もう序曲か、と慌てて座り直すとウクライナ国歌の旋律が響きます。一音目で観客は全員起立して、熱唱しています。その勢いに気圧され、一拍遅れてわたくしもようやく立ち上がって周囲を見廻すと、泰然として笑みを浮かべて、手を繋ぎ朗らかに歌っている人が大勢います。終わった瞬間、さきほどと同じ要領で全員たちまち着席して、序曲の音色に身を任せるのでした。

『トゥーランドット』は、舞台装置が大がかりな上に大人数の合唱曲がいくつも入り、上演するのが大変な歌劇です。国立劇場で、国の存続を賭けた激戦の最中に挑みようもない演目だとは予想していたのですが、四人の主役も、楽団も、破綻がないどころか非常に均整の取れた上質なパフォーマンスであることに感動しました。第三幕冒頭の有名なアリア「誰も寝てはならぬ」を歌い上げたダッタンの王子カラフに扮する若手テノールのオレクサンドル・チェレヴィクさんに対して、歌い終わるやいなや万雷の喝采が沸き起こりました。非常時に芸術を後回しにするのではなく、むしろ非常時にこそ心を癒し、奮い立たせる表現への希求が高まることを肌で感じました。街中の壁に描き付けられた多くの壁画や、画廊にかかる新作絵画、広場のインスタレーションなどにも同じような、静かでぶれない「声」を感じ取ることができました。

その夜、珍しくリヴィウには空襲警報の発出はありませんでした。わたくしは、不穏と悲しみに満ちた街の人々と一緒に堪能した美しい音色が何度も記憶によみがえり、寝つくまでに長い時間を要する一晩となりました。

翌日、リヴィウの中心街から車で二五分ほど離れたシヒフスキーという住宅地で去年八月に設置された仮設住宅を訪ねることになっていました。オスタップさんと一緒に、そこに暮らす人たちにインタビューをするためです。曇天で気温が二二度。ブチャまでの道とは逆に、車道は真っ平らでスピードを出しても苦にならず、リヴィウから南東に進むにしたがって、フロントガラスに平野が広がります。途中、右手から聖母マリア降誕教会というウクライナ東方カトリック教会の一棟が芝生の真ん中に悠然と建っているのが見えました。金の葱花《オニオン》ドームと真っ直ぐな白い壁が鉛色の空に映えて美しい。周りに集合住宅が点々と建ち、その先に鬱蒼とした木立が見えます。

聖母マリア降誕教会

少しさかのぼりますが、ポーランド出身のヨハネ・パウロ二世ローマ教皇はここを訪問したことがあります。二〇〇一年六月二四日、教皇はキーウの空港でミサを行い、ソ連時代に長く抑圧されたウクライナ語を用いて説教をしました。その中で、スラヴ世界では一〇〇〇年に及ぶキリスト教の原点がキーウにあり、その精神の遺産をこの国の人々こそが今後も守るべきだということを祈念します。さらにその二日後、教皇はリヴィウのシヒフスキー地区にある広場で約五〇万人の若者を集め、演説をしました。ここでも、ようやくソ連の桎梏から抜け出し自由を手に入れたウクライナ国民の独立を称え、その独立に伴う道徳的責務について力強く説いていました。独立一〇周年とも重なるこの集会が行われた広場を、後に教皇の名を戴きヨハネ・パウロ二世公園と名づけ整備しています。木々に覆われる公園の手前まで来ると、運転手は「ここが目的地」と告げ、乗客を下ろしました。

仮設住宅はポーランド政府が寄付したもので、リヴィウ市が管理し、全国の避難家族と単身者とに提供されています。二〇二二年初夏完成。数カ所のベンチ、子供のために設えた立派な遊具、集会場などが備わっていて、周囲の住民とも隔てなく交流できる空間として設計されているそうです。

オスタップさんは直ぐ近所のアパートに住んでいるので、徒歩で迎えに来てくれました。オスタップさんは仮設住宅に着くなり、南部ミコライウ州から家族と共に避難したミコーラさんと初めて出会い、野外のベンチに座り、目の前にいるミコーラさんの話を熱心に聞き始めました。茶色の野球帽を被りリュックを背負ったミコーラさんは、四五歳で農家を営み、奥さんと四人の子供がいます。昨年の三月に、ロシア軍の砲撃を逃れてリヴィウのシェルターに身を寄せて、六月からは組み上がったばかりの仮設住宅に移住しました。ミコーラさんは、でき上がりつつあるコミュニティの中で、リーダー的存在になっている模様です。

シヒフスキー地区の仮設住宅

「この仮設住宅には、もうずいぶん長く住んでいらっしゃると聞いています。こちらに来るまでの経緯を教えてもらえますか」

「昨年の三月一六日に、リヴィウの鉄道駅に着いた当初は、どうすればいいのか全く分からなかったですね。駅には来たものの、呆然としてしまって。すると、ボランティアの若い女性がやってきて、彼女は私たちに「大丈夫ですよ」と言ってくれました。そして、彼女は妻を授乳室に連れて行きました。妻は、息子の服を着替えさせて、食事を食べさせることができたのです。その後、私たちはテントがたくさん並んでいるところに行って、サンドイッチ、コーヒー、お茶などをもらいました」

「私も最初はリヴィウ駅でボランティアをやっていました。その当時は、大勢の人が避難してきて、毎日一万人から一万五〇〇〇人まで受け入れていました。三月一六日であれば、私もまだあそこにいたので、もしかしたら出会っていたかもしれません」

「何人かのボランティアが私たちのところにやってきたので、彼らに自分たちが置かれた状況を説明しました。そして、チュプリンカ通りにあるリヴィウ市行政局に連れていってもらいました。その後、シモネンコ通りのリセウムに移動して、そこで二カ月を過ごしました」

「シモネンコ通りのリセウムですか？　私の母校ですよ」

「リセウムではたくさんの良い人たちに出会いました。五月には仮設住宅が建設されることを聞いて、そのホットラインに電話しました。ここに来た時は、人々が入居を始めているさなかでした。あの夏はとても暑かったですね。それまで暮らしていたリセウムで提供してもらった日用品などを持って、六月にここに引っ越しました。私たちは四五番の家に住んでいます」

「ここで暮らしはじめて、どうでしたか」

「少しずつ、自分の家にいるかのように、新しい環境に慣れ始めました。私はそもそも仕事なしではいられないタイプなのです。人を手伝うのが好きなんですね。夜になっても、普通ならシャワーを浴びて、休んでいればいいのに、やはり歩き回りながらすべてが順調であるかどうかを確認するのです。今は共用キッチンで野菜の荷下ろしなどをして、そこで働いている女性たちを手伝っています」

「奥さんの方はいかがですか」

「妻は二歳三カ月の息子の面倒を見ています」

「息子さんもここにいらっしゃる?」

「ええ。もう一人の一五歳の息子もいます。私には娘も二人います。一人はポーランドにいますが、下の娘とは一緒に暮らしています。子どもたちとゆっくり生きています」

「息子さんは勉強していますか」

「幸いに、九年間の学校を卒業しました」

「息子さんは何をしたいと思っていますか? 勉強を続けたいと思っているのでしょうか」

「彼は働きたいと言っています。働き者ですね。何か頼むといつも手伝ってくれます。このような状況では、とくに助かっています」

「ミコーラさんの生まれ育った土地のこと、そこから避難された時のことを聞かせてください」

「ルーチという村を知っていますか? ミコライウから二五キロ離れたところで、ヘルソン州との境界のすぐ近くにあります」

「ポサドポクロウスケ村は知っていますが、ルーチ村については聞いたことがあるくらいですね」

「ポサドポクロウスケ村は、私の実家にとても近いです。ルーチ村はポサドポクロウスケ村のすぐ隣なのです。そこで、最初の攻撃を受けました」

「侵攻直後のことですか。二月二四、五日頃のことでしょうか」

「ええ、その頃でした。私は友人のところに行っていました。「コーヒーでも飲みに来いよ」と誘われたから。彼の家にいるときに、いまポーランドにいるほうの娘から携帯に電話がかかってきました。「パパ、早く家に帰って!」と言われて、「どうしたの?」と聞くと、娘は受話器の向こうで泣きじゃくっていました。何が起きたのだろう?　友人と共に外に出ると、遠くに人が大勢集まっているのを見ました。その人たちのところまで、一緒に走って行って、「どうしたんだい?」と聞くと、「どうしたって、見てみろ、畑にお客さんが停まっているぞ!」と言われました」

インタビューをうけるミコーラさん

「えっ、「お客さん」ですか……」
「私の野菜畑があって、その向こうに水路があって、防風林があるのですが、防風林の奥に、沢山の軍用車両が停まっているのが見えました。家から約一キロの距離です。そのあと、次々と爆発音が聞こえて、彼らは一瞬でいなくなりました。その日の夜は、家を出るのが怖かったです。照明を全部消して、外からは何も見えないように、窓などを覆い隠しました。ロシア兵たちは、周りの村に戦車や装甲車両で押し入って、堂々と盗みを働いていたのです」
「彼らのことを、よく「お客さん」というのですか」
「ええ」

「う〜ん、イマイチのお客さんですね」

「三月一四日に、私たちは避難することになりました。出発の準備をしていると、義理の兄から電話がかかってきたのですが、どういうわけか接続が非常に悪くて、近い距離にもかかわらず音声はずっと途切れていました。ようやく準備が整って、私は小さな息子を抱きかかえて家を出ました。その時、青い車がやってきました。車から降りたのは、元警察官のパーシャさんと二人の軍人でした。彼らは、グレーの服を着ていた男を探していました。その男が、ウクライナ軍の陣地の情報を敵に漏らしたのだそうです。のちに捕まりましたが」

「疑いをかけられたのですか」

「その時、私はグレーのコートを着ていました。どんなズボンをはいていたのかはよく覚えていないけど、おそらくスポーツ用のズボンだったと思います。家族たちはずっと家の中に隠れていたのですが、私は一人で村の中心部などに出かけていたので、その様子を目撃していた人がいたのです」

「彼らは、なんと言ってきたのですか」

「敵に渡した情報を今すぐここで見せなければ、この場で殺されるぞ、と言われました。私はそんなことはやっていないと答えて、携帯電話を彼らに渡しました。村の領土防衛隊に電話していいかと彼らにたずねて、領土防衛隊の人の名前を教えました。電話をしたら、領土防衛隊の人が「お前ら、頭がおかしいのか？　ミコーラがむしろ我々を手伝ってくれていたんだ」と言ってくれました」

「その後、村を出たんですね？」

「ええ、その日のうちに出ました。すぐに荷物をまとめて、息子をベビーカーに乗せて、車を発進させたのです。犬を一匹飼っていたのですが、首輪を外したら、私たちが乗った車を追いかけて、村の端まで走ってきました」

「車を追いかけてきたんですね。犬は今どうなっているか知っていますか」

「多分、村の中を走り回っているでしょう。きっと近所の人たちから食べ物をもらっていると思います」

「村に帰りたいと思いませんか」

「帰るつもりですが、今はまだですね。私たちに同じことが再び起こるのは避けたいのです」

「確かに」

「まだ攻撃が続いています。リスクは取りたくないです」

「お気持ちは分かります。ここでの滞在が良いものになりますように。今は夏で少しは楽ですけれども、冬までにすべてが終わることを祈りましょう」

「私は農業関係の仕事、野菜関係の仕事をやっていました。このあいだ、ヘルソン州でどれだけ農作物がだめになったかという写真を見ました。カホウカ・ダムが爆破されて、洪水が起きたのです。一人の少年が、ＳＮＳにアップした写真でした。とてもかわいそうでした。洪水の後、水が引いた土地では、全部が塩沼になってしまいます。数年間は植物が育たないでしょう」

「土をすべて耕し直さなければならないわけですか」

「ミコライウ州では、トマト、キャベツ、ピーマンなどの野菜を植えていますが、畑のあちこちに塩沼があって、ピーマンなどは、どこでも見事に育つのに、塩沼のところだけは、小さくなってしまうのです。土壌と水質は、やはり大変重要ですね」

「戦争が終わったら、全部の畑を掘り起こしたり、肥料を与えたりしなければならない」

「やることがいっぱいです。去年の末、正月前に、一度地元に戻りましたが、家ほどの高さの雑草が生えていました。私たちは、近くにある兄の家に泊まりました」

「自分の家では一晩も過ごさなかったんですね」

「私たちが村から出た同じ日に、略奪者が入ってしまったのです。兄に、ガレージから荷物を運び出してもらうようにお願いしていたのですが、間に合わなかったみたいです」

「そういう人がいるんですね。どんな町にも、どんな村にも」

「助けてくれる人もいれば、そうやって最後まで圧し潰す人もいるわけです」

「では、ありがとうございました。すべてうまくいきますように」

「絶対にうまくいきますよ！　ポーランドにいる娘は、毎日Viberで私たちに電話をかけてくるんですけど、私たち以上に弟に会いたいと言っていますね。彼女は息子が小さい頃から面倒を見ていましたからね。Viberで彼を見て、いつも涙を流すのです」

ミコーラさんへの聞き取りが終わると、仮設住宅に住む三人の女性たちが、近づいてきました。そのうちの一人、紫色のTシャツに白っぽいパンツを穿いた金髪の年長の女性がオスタップさんに話しかけてきました。

「仮設住宅を、見て回りたいの？　それとももう見てきたの？」

「どちらかというと話を聞きたいです」

「話を？　今、このような状況なのに、何を話せばいいのか。この先どうなるのか、どこへ行くべきかもわからない。リヴィウの方々に温かく迎えていただいて感謝しています。けれども、戦争が終わったら、次はどこへ行くべきなのでしょうか？　すでに大勢の人々や子供たちが死亡して、日々恐ろしいことが起きているから、戦争が早く終わるように神様に祈っている。ニュースを見るたびに、涙が出る。座って泣いてばかりいる」

「出身はどちらですか」

「私はドネツク州のポクロウスク地区の出身。故郷の街では爆発や銃撃によって人々が殺されて、建物が破壊された。今は落ち着いているらしいけど。それでも心配だよ。子供たちは二〇一四年までドネツクに住んでいたが、ロシアによる軍事侵攻（ドンバス戦争）が始まったので、すぐに街を離れることにした。その当時、私は家に残ることにしたの。「ううん、どこにも行かないよ。私はもう年寄りだし、十分生きたと思う。たとえ何か起こったとしても、孫たちが無事でいることが私の一番の望みなんだ」と言ってね。だけど、今度のロシア軍の侵攻が始まって、電気も水も何もない日々が続くようになって、また近くにドカーンと爆弾が落ちて、私は一晩でスーツケースに荷物を詰めて、急いで故郷を離れたんだ」

「それはいつのことですか」

「八月一四日だった」

「八月ですか？　八月まで、ずっとそこに居たのですか」

「そうだよ。次女は二〇一四年から部屋を借りてキーウに住んでいる。「お母さん、私たちのところに来て」と言ってくれたけれど、私は「いや、行かないよ。だってあなたは一部屋を借りているだけだし、子供もいるし、そんな余裕はないだろうから行けないよ」と答えた。荷造りをして街を出た後、私はポーランドに行きました。ポーランドのオシフィエンチムに長女が住んでいるから。二〇一四年以降、長女は夫と一緒にポーランドへ引っ越して、部屋を借りて、そこで仕事も見つけたんだ。それから五カ月半、長女のところに住んでいたけれど、その後「家に帰る、もう家に帰る」と言ったの。長女には「お母さん、近いうちに何か起こるかもよ」と言われたが、故郷の家に帰ることを決心した。二月二日に列車に乗って、リヴィウにたどり着いた。それから、ここに迎え入れてもらって、仮設住宅を提供してもらった。それでまだ、ここにいる。今は故郷で何も良いことは起きてないけど、家に帰りたい、本当に帰りたい。だけど、悲惨なことばかりが起きている」

「そこには友人や、肉親の方など、誰かが残っていますか」

「私は二〇〇七年に夫を亡くしたんだ。夫は鉱山労働者だった。仕事から帰ってきて心臓発作で死んだ。私たちは順調に暮らしていたが、ロシア人は私たちを何から解放しに来たの？　命などすべてから解放しに来たわけ？」

「彼らをなんと呼ぶのですか」

「ラシスト（ロシアのファシスト）と呼ぶよ。オーク（人喰い鬼）とも呼んだりする。現地の人々は、砲弾や着弾、発射などの物事に名前をつけてきた。ドネツク州には独自の呼び方があるよ」

「独自の呼び方ですか、例えば、どんな呼び方があるんですか」

「例えば、「あ、祝砲を撃ってきた」と言ったりする」

「祝砲？」

「そうだよ。私のアパートはまだ無事だけど、住宅が爆撃された人たちはどうしているのか。どこへ行って、どうすべきなのか。全部一からやり直さなければならない。これまでずっと、財産を持つために、仕事を頑張って貯金をしたり、節約したりしていたんだ。それが今になって、どこに行けばいいんだ。辛いわよ。どれだけの子供が孤児になったんでしょう」

「まだまだ先は見えません」

「そうだね。まだ終わっていないんだ。今までどれだけの人が死亡して、どれだけのものが爆撃されたんだ。あとどれぐらい待たなければいけない？　酷いことになってしまった。私には分からない……。よその国に力を貸して助けてもらっているけれど、ネットで「ウクライナを支援するのはもううんざりだ」というコメントも目に入ってしまう」

三人の女性のうち、今度は年下の別の女性が話しかけてきました。

「私はドニプロペトロウスク州のニコポリ地区マールハネツィ出身です」

「最近、あの辺りまで行きましたよ」

「行ったの？」

「はい、ニコポリを訪れました。私は作家なんですよ。それで、作家の組織のメンバーで、ニコポリの図書館へ本を届けに行ったのです。あそこの図書館には砲弾が何発も落ちたので、蔵書の半分が破壊されてしまいました。それで、本を持って来て欲しいと依頼されたのです」

「ニコポリは、マールハネツィから約一〇キロ離れています。あそこはかなり破壊されているの？」

「そうですね。街中を歩くと、戦争に突入したようには見えないですが、よく見ると、所々に屋根がない建物とか、窓が割られている建物があることに気が付きます」

「マールハネツィでは、中心部が特に損害を受けました。役場、幼稚園、三つの学校が完全に破壊されて、他にはプールやスタジアムも破壊された。二つの橋も爆破されて、あっちこっちに地雷が仕掛けられています。ロシア人が幼稚園、学校、住宅、病院を狙っていることは理解不可能です。なぜ民間人が狙われているの？　彼らはわざと狙って、殺している。マールハネツィは、いつも砲撃されている。日中でなければ夜に、夜でなければ日中に砲撃されている」

「とても美しくて、緑が多く、鮮やかな街でした」

「ロシア軍はすべてを破壊してしまった。どうしてなの？　そして、破壊された市街地をどうしたら再建できるのか、私には想像できない。子供たちや孫たちにどんな未来が待っているのか。どうやって経済を成長させるのか、今後はどうなるのか。いずれにしても、ウクライナに明るい未来が訪れることを願っています」

「長い年月はかかりますが、頑張るしかないですね」

「全力を尽くすわよ。必ず立ち上がってみせる」

「長生きして、一生懸命頑張りましょうね。ここでの暮らしは、どうですか」

「すべて満足しています。シャワー室に、洗濯機もあります。料理を作りたいならオーブンもあります。大きな蛇口もあります。すべて揃っていて、満足しています。そして地元の方々にも感謝しています。できる限り何でも持ってきてくれます。ボランティアの方々にも大きな感謝です。おもちゃなど、すべて自力で購入して子供たちに寄付してくれました」

「しかし、この場所は、家とは違います。家は愛しいですか」

「もちろんです。ここがいくら良くても、わが家が愛しいです。自分の布団に入りたいし、自分のガスコンロや鍋を使いたい。家に帰りたいです」

先ほどの紫のTシャツの女性が話してくれました。

「私は夫のお墓参りができないことで、心が痛い。以前は、お墓の面倒をよく見ていた。父、母、実兄のお墓があり、夫の墓があって、私はポーランドにいた時には、お墓参りができなくて心が引き裂かれそうになった。一時帰国した際にお墓参りをして、精神的に楽になりました。そして晴れ晴れした気持ちになって、ここへ戻りました」

マールハネツィ出身の女性も話してくれます。

「お墓参りや、亡くなった人のお墓のお世話ができなくて悲しいです。今年は、マールハネツィで代行人を雇ってお世話をしてもらいました。地元の墓地も破壊されています。二発のミサイルが着弾して、墓地の一部が破壊されました。恐ろしいですね。しかし、すべて良くなると期待しています。ウクライナが盛り返すことを信じています」

「信じるべきです。そして私たちは、今いるところで、できる限りのあらゆることをすればいいでしょう。インタビューに答えてくれてありがとうございます。私は近くに住んでいます。時々顔を出します。何か必要なことがあれば、もしくはお話などしたくなったら、いつでも私は顔を出します」

「ありがとうございます。すべてのボランティアの人たち、私たちを支えてくれている国々に感謝しています。支えがなければ、非常に大変です」

インタビューが終わったあと、わたくしはオスタップさんにいくつかの質問をしました。

「オスタッフさん、電話番号や名前を交換していましたね。また連絡を取る予定なのですか」

「はい、隣人同士でもあるので、連絡先があると良いなと思いました。向こうが何か必要な場合も、私に連絡が取れるように。それから、本を差し上げると約束しましたからね」

「素敵ですね。ここからあなたの自宅までは歩いてどれくらい？」

「五分くらいです」

「それなら、いつでも寄れますね。オスタッフさん、あなたは質問をしながら、自分の感想も述べつつ、ほとんどの時間は相手のお話を聞いていましたね。今日のインタビューの中で、もっとも印象的なことは何でしょうか」

「何が一番悲しいかを聞いた時、先ほどの女性が、夫のお墓に行ってあげられないことが悲しい、と答えたことです。私が、家は恋しいですかと聞くと、それよりも夫のお墓が恋しいと言われました」

「その想いと共にここへ来たのですね。お墓は、家の近くにあってよく訪れていたのでしょうか」

「かもしれません。写真は持って来られなかったと言っていました。彼女は去年の夏以来、帰れていないそうです。それ以来、地元に帰ることができていないと」

「まだ質問するには早いかもしれませんが、今日のインタビューから「語彙」を選ぶとしたら、何を選びますか」

「今日は新しい言葉が、二つありました」

「何でしょうか」

「まず、ミコーラさんとの会話です。非常に興味深かったです。私は初めてこの言葉のそういう使い方を聞きました。彼は占領兵たちを「お客さん」と呼んだのです。二度ほど、聞き返しました。なぜ、どういう意味かと」

「皮肉的な意味で、そう言っているのでしょうか」

「もちろんそうでしょうが、彼らの地域では「お客さん」と呼ぶことが多いみたいです。「お客さん」が、自分たちの村へ接近してきた時の話をしていました。平原からロシアの部隊が戦車と共に接近しているのを見た時の話ですが、彼は「お客さんたちが来ている」と説明していました」

「わたくしからすると絶対思い浮かばない言葉ですが……。攻撃者、侵略者などといった言葉を想像するなかで、「お客さん」という皮肉かつ独特な言葉選びは、ある意味、奇跡的ですね」

「二つ目は、ドネツク州ポクロウスク地区出身の女性の言葉です。彼女は、ミサイル砲撃を「祝砲《サリューティ》」という言葉を使って、言い表していました」

「ミコーラさんが「お客さん」というのと似ていますね」

「はい、すごく皮肉的ですよね」

「様々な事を経験してきた避難者の方々と話をして、気が滅入ることはありますか？　話した後は、どんな気持ちになるのでしょうか」

「いつもまず記憶に残るのが、詳細な事柄です。今日は、ミコーラさんの犬の運命がすごく気になりました。彼は避難の前に犬と別れました。彼は子供たちと奥さんと避難して、一緒にいます。でも犬は残してきた……。犬がどうしているのか、すごく心配していました。現地の人に電話するとき、まず聞くのが犬のことだそうです。隣人が世話をしてくれているそうです」

「彼らと話をする上で、あなたの中で一番印象に残るのは詳細な事柄なのですね」

「細かな事柄、あるエピソード、特定の瞬間などがよく頭に残ります」

「ミコーラさんと話をしている時のオスタップさんの様子を見ていました。初対面でしたよね？　多少の雑談はあったかもしれませんが、座ってすぐに目を見て、話を始めていた。あなたは目を逸らすことや、下を見ることはせずに、彼と話している間、ずっと真っ直ぐに彼を見ていました。あなたの話の聞き方にとても感心しました」

「私に目を直視されることに困惑する様子がなければ、なるべくそうします。なぜなら、その人の行動や視線からも読み取れることが多いからです」

「この仮設住宅の開設は、去年の五月とのことです。彼らがここへ住みだしてから、あるいは他の場所で避難をした方々と話をしてみて、彼らの話し方、話の内容などについて、時間の経過と共に何か変化を感じますか」

「時間の経過と共に、ですか？　最初の頃と比較して？　そうですね。今の方が静か、かもしれません。そして、もっとポジティブかもしれない。初期の頃ほどの不安はない。先ほどの女性たちの話にしても、彼女たちは前よりも希望を感じていることが表れていました」

「どのように?」

「とてもシンプルなことです。全て大丈夫、きっとうまくいく、と。インタビューを始めた最初の頃は、未来に関する質問には慎重でした。でも、今はその問題を感じません。お互い同士、帰還後のことや未来について、自由に話すことができるようになった。その変化を感じますね」

「未来を想像できるようになった。失ったものを取り戻すことはできなくとも、友人や知人に会える、もとの居場所に戻ることができると……。いま「静か」と言われましたが、それは落ち着いているという意味でしょうか」

「話し方が落ち着きました。前よりも平静を保てていて、あまり感情的ではないかもしれません。そうですね、前よりも穏やかな印象です。もっと多くの人と話す必要がありますが、いま何人かと話をしてみて、そのように感じました」

オスタップさんとともに、仮設住宅に暮らす人々の話を聞くことができたのは、『戦争語彙集』の原点に立ち会っているような、貴重な体験でした。今回の体験を通して、わたくしの内に宿りましたのは「言葉もシェルターになれるのではないか」という思いでした。

シェルターとは、もちろん、人々に安全をもたらす場所です。屋根があって、暖房があって、食事ができて、安定して寝られるような、子供を安心して寝かしつけられる場所です。シェルターに集った人々は、お互い同士、すぐには言葉を交わすことができないかもしれません。『戦争語彙集』の「沈黙」という話は、そのことを端的に表しています。本当に疲れきってしまった人々は、言葉を発することもできないのです。衣食住があって安心できる、自分がおびやかされない空間であることを納得して、少しずつ心が和らぎ、言葉が出てくるのだと思います。言葉が生まれて、言葉によって安全のための網みたいなものが、膜のようなものが作られていって、それがだんだんとシェルター全体を覆い尽くしていく、そのようにして言葉が人々を守っていくような気がしました。

シェルターには、人々の暮らしを保たせるための物資があります。同じように、シェルターのなかにある言葉は、人々にとっての杖になったり、屋根になったり、場合によっては、飲料水になっているのではないでしょうか。他者と言葉を交わせるようになることで、明日どうなるか分からない状況であっても、とにかく話ができる、そういう場があることで、人々はだんだんと笑顔になってくるはずです。逃げる途中で「お祈り」と出会った女性の話を思い出します。心と心をつなぎ合わせ、孤独感であるとか、疎外感であるとか、不安を和らげるものは、所詮、スマホやソーシャルメディアではないと思います。いま実際に目の前にいる人と、その息づかいを感じながら語り合うことで、言葉は心の糧になるのです。『戦争語彙集』は、直接的にではありませんが、そのことを伝えてくれています。そして、わたくし自身、今回いくつかのシェルターを実際に訪ねてみることで、そのような確信を持つことができました。

暴力の前には言葉は無力だと、よく言われます。東日本大震災の直後、私の友人である小説家たちの中にも、その日を境にして物語が書けなくなってしまったという人たちがいました。戦争のような極限の暴力によって、あるいは巨大な災害などによって、多くの人々の命が目の前で失われるような時には、言葉はやはり無力なのだと、誰でもまずは感じるのだと思います。

圧倒的な暴力を前にして、たしかに言葉は無力かもしれません。でも言葉の力とは、そのような状況にのみ限定して考えられるべきものではないはずです。さまざまな状況において、言葉は、強まったり弱まったり、膨らんだり縮こまったり、いろいろと変化します。人々が背負った重荷を受け止めるクッションみたいになったりすることもあれば、相手に向けて投げつける鋭い礫のようになることもあります。私たちを支えてくれる言葉もあれば、傷つける言葉もあるのです。そのような可変性に満ちていること、柔軟でありつつも強固であり、優しくもあり厳しくもある、限りない多面性を備えていることこそが、言葉の力ではないでしょうか。だからこそ、多面性に満ち溢れた現実に向き合うとき、言葉はいつでもまるで暗い部屋で身をすくめる私たちを探し出すかのようにして寄り添い、静かに立ち上がってくれるのです。

モグラ叩きにも似て複数の国々で発生している今世紀の戦争は、果たして終わるのか、それとも次なる惨劇を生みだしていくのか、誰も予測できません。けれども、ウクライナに来て思うことは、言葉が持っているエネルギーについて、私たちはもっと自覚的でなければいけない、ということでした。自分自身を励ますために、あるいは他者との結びつきを深めるために、言葉のエネルギーを大事にそして適切に使っていかなければならない、ということです。ヘイト・スピーチのように、他者を排撃して分断をもたらすことのために、言葉のエネルギーを浪費して良いのでしょうか。言葉のエネルギーは、自分自身をケアするために、そして、他者をケアするためにこそ用いられるべきです。自他の区別なく、対象が何であれ、ケアのために用いられるとき、言葉はその力を活き活きと発揮しているように思えるのです。

六

あかるい部屋で、壁に立てかけられた絵を見る
——破壊と花作り

「ポジル地区において爆発が確認され、ミサイルは現在もキーウ方面に向かって飛翔中」。六月一六日、午前一一時三八分受信。キーウ市長ヴィタリ・クリチコ氏の公式ＳＮＳアカウントから発信されたメッセージです。目を落としたのは受信の数分後、すでに安全とされる建物の奥の方に避難していました。車道に面したレストランのテラス席は白いキャンバス布の日除けに覆われていて、やわらかな光のもと密植した紫、赤、黄色の小さな花々の鉢が満開であり、客席をぐるりと明るく囲むように設えられています。同行取材しているＮＨＫ仙台放送局のディレクターは、そろそろ旅行の振り返りを撮りたい、と言って、テーブルの向こうにカメラを据え、ウェーターが来てトルコ風のどろっとしたコーヒーをコップに落としはじめたタイミングでカメラを回し始めていました。

と、その瞬間、周りの携帯が一斉に鳴り、スピーカーからけたたましい警報アナウンスがキーウの夏空に響き、メニューを片手に歩道の真ん中に座っている我々全員は今ここで、置かれている状況に初めて気づかされたかのごとく騒然とします。当日の雲合いはブチャで過

ごした前日より晴れ間が多く風も爽やかで、最高気温が二九度と申し分のない陽気です。見上げても、我々の肉体を切り裂くほど威力を持つ恐ろしい鉄塊がこの空の下の、どこにあるのかと、呆然と思いながら、機材を抱えたカメラマンと一緒にお店の前にある階段を駆け上がり、玄関から一番離れた場所にある暗い片隅に案内され、席にたどり着くのに一分もかかりませんでした。一二時一七分に警戒解除のメッセージが、ようやく各々の携帯の画面に流れ始めます。

夕方ホテルでニュースを見て分かったのですが、この日、ウクライナ軍はロシアが首都に向けて発射したキンジャール極超音速空中発射弾道ミサイルなど一二発と二機のドローンを撃墜しています。我々がいる場所から三キロほど離れた地点でのことですが、子ども一人を含む少なくとも六人が巻き込まれ、負傷していました。またその時、ラマポーザ南アフリカ共和国大統領率いるアフリカの首脳団がウクライナに到着していたらしく、午後にはゼレンスキー大統領と会談して、独自の和平案を提示したことは、日本でもニュースとして報道されました。

ホテルに近いそのレストランは、人気の高いクリミア・タタール料理の専門店で、美味しいと評判。警戒が解けてもおっかないから店内の席に残り、お昼を注文しました。わたくしはクリーム仕立てのレンズ豆スープと牛肉にキノコ入りのクレープ、後者には添えてあったサワークリームと生トマトソースを掛け、レモンを絞って食べました。評判に違わず、大変美味しかったです。会計を済ませ、車に乗って、出発した頃には一三時を少し回っていました。

そこから三〇分ほど北西に走ったところ、郊外の街コツユビンスケにある飛び切り眺望の良いお部屋にお邪魔しました。挿絵デザイナーで画家のアナスタシア・アヴラムチュークさん一家を訪ね、彼女の目に映ったこの一年余りのことを聞くことになっていました。渋滞も無く、一四時少し前に到着。

集合住宅のエレベーターで一六階まで上っていくと、広くはないがきれいに整った空間に家族五人が暮らしています。短パンを穿いて玄関に出てきたアナスタシアさんの夫サーシャ(オレクサンドル)さんは五日前に生まれたばかりの次男アンドリーちゃんを抱き、空いた手で招き入れようとするが同時に足の隙間からチャコール混じりの毛並みの良い猫がするりと抜け出て、ホールまで迎えてくれました。サーシャさんは猫を片手ですくっとすくい上げ、私たちを内へと案内してくれます。日本と同じように玄関の内側にあるマットで靴を脱ぎ、揃えてから廊下へと足を踏み入れます。サーシャさんの笑顔は好奇心と、おそらくは写真家という職業がら現場で身に付けた感覚が手伝い、静かな自信に満ちているように見えました。

キッチンに入ると甘い香りが漂っています。お茶とお菓子をどうぞ、とおっしゃるアナスタシアさんは焼き上げたばかりの大きなひと皿をそっと卓上に置きました。「シャルロット」というお菓子で、ウクライナでは昼間のお客におもてなしするのにごくふつうに家庭でこしらえるリンゴ・ケーキ。材料はタマゴ五個と砂糖と小麦粉一カップずつ、これにリンゴのスライスを加えてシナモンを少々。この質素ながら美味しいデザートはお婆さん直伝で、小さな時に教えられずっと焼き続けているらしい。お婆さんの時代、食糧が少ないのに子どもたちにおやつを食べさせたい、という急ごしらえの知恵が働いています。フォークを入れると、適度な水分と反発があって、歴史の無言の厚みを指で感じました。ぬめっとした水色の釉薬が光りを放つお皿に一切れを載せてもらい、熱い紅茶と一緒に賞味しました。

キッチンの壁は薄灰色のペンキで塗装され、その上に、成人の身長くらいある草の絵が黄色と深緑の絵具で鮮やかに描かれています。アナスタシアさんが十数年前、ここに引っ越す時にその二色だけで料理によく使う好みのハーブを描いたそうです。

「そうです。このアパートに引っ越してから直ぐに描きましたよ。まだ何もなくて、完成されたばかりのまっさらな新築でしたから。家具を運ぶ前、これらの植物の絵を描くのは私が一番最初にしたことです……そう、子どもたちと一緒に描きました。面積の大きい部分を描いてくれて、助かりましたよ」

風が吹けば揺れそうなパセリとディル、バジルとローズマリーが一本ずつ横へ立ち並んでいます。アンドリーちゃんのお姉さんとお兄さんたちを小さい頃から、そして今も家族の食卓を側から見守ってくれていることを想像しました。

北向きの窓から微かに射し込む午後の光を浴びた壁の香草は、力強く伸びています。窓の外を見ると、壮大な景色が目に飛び込みます。見下ろす手前から、素焼きタイル屋根が並ぶ小さな集落があり、左右へと流れる深い樹海に続き、そしてその先には地平線を点々と突っつくように立つ建物の輪廓が見えます。

アナスタシアさんのキッチンの壁に描かれた植物

「そのあたりがもうイルピンです。昨年、ロシア軍の戦車の車列が国境を越え首都へ向かおうとした時、行く手を阻まれてその街を占領しました。避難できなかった人々を傷つけ、多くの命が奪われたという地続きの地域なのです。樹木で見えづらいのですが、あのあたりに、森を流れる一筋の川があって、そのおかげでこちら側は助かったのです」

　隣のブチャと並び、住民から多くの犠牲者が出てしまったイルピンの戦いは、ロシア軍がキーウ攻勢の一環として二〇二二年二月二七日から制圧をめざして進軍し、約一カ月後の三月二八日にウクライナ軍が街を奪還するまで続く戦闘です。三〇〇人近いと言われる犠牲者の中には女性が多く、射殺、砲撃、あるいは餓死によって命を落とした人々は、ここコツユビンスケと変わらずそれまでは穏やかな生活を送っていました。紅茶を淹れ直しながらアナスタシアさんは淡々とした表情でわたくしにその情勢を教えてくれました。

　サーシャさんは最近、本業とは別に、仲間と共に壊された住宅を修理するボランティアで忙しく、アナスタシアさんはボタニカルを描く手を休め、街や村を追われた人々の持ち物などを切り絵で再現するというプロジェクトを進めています。

　草原色に彩られたキッチンで、カステラにも似た風味の温かいシャルロットを摘まみながら、わたくしは隣の部屋ではしゃぐ子どもたちの笑い声を聞き、色や香りも豊かな平和という時間を暮らす愛おしさを思ったのでした。

隣の隣の部屋には横に広い大きな窓があって、手前にはアナスタシアさんの仕事机が据えられています。午後の光とこのままずっと続きそうな静けさのなかで、わたくしの目は床に無雑作に置かれ壁に寄りかかっている一枚の絵にとらわれました（本書のカバー装画）。

「非常にきれいな絵ですね。ユリの花ですか」

「はい。未発表の作品ですが……」

「絵から香りが漂ってくるような気がします」

「ありがとうございます。このユリは水彩で描かれています。キーウから東に行ったところにある村で見つけました。夫が再建を手伝った最初の家でした。屋根は完全に破壊され、窓はなく、壁の多くが破壊されていました。ロシア軍の砲弾が着弾したのです。その家には、当時前線で戦っていた息子を持つナディアさんという六〇歳くらいの女性が住んでいました。彼女の息子は、今でも前線にいます。彼女は、一人では自分の家を再建することができなかったので、私たちが手伝っていました。彼女の家と地続きにあるもう一軒の家に妹のテチャーナさんが住んでいて、二人がこの敷地でさまざまな花を育てています。ナディアさんの家《うち》の近くにこのユリの花が咲いていたのです。戦争の恐ろしい破壊と、この美しい花のコントラストを伝えるために黒い背景にしました」

仕事場のアナスタシアさん

「その家は、何という村にあるのですか」

「キーウ州のボブリーク村にあります。私もそこに行きましたので、ユリを自分の目で見ました。サポートしたかったです」

「この絵を見て、人はどのように感じるべきでしょうか」

「「ナディア」という女性の名前はウクライナ語で「希望」を意味します。私にとって、この花も希望の象徴です。それは暗闇の真っ只中の一筋の光です。戦争の恐怖に対する人生の希望と勝利の現れです」

「希望の象徴としての花を表現するために、黒一色の背景に明るく軽やかな花を描いたのですね」

「ええ。その通りです」

「ユリの花について、もう少し具体的に話していただけますか。ナディアさんたち姉妹が大切に育てた花ですか。それとも自生していたのですか」

「ユリの花は、その土地に長く暮らしているナディアさんたちが植えたものでした。キーウ近郊では、家が破壊されて、建て直すこともままならないのに、家の周りには、手入れの行き届いた菜園や美しい花の咲く庭がある場合が多いのです。破壊された家をすぐに再建することはできないけれども、花壇を作ることは可能だからそうしている、と説明されました。眼に見えるかたちで、少しでも物事や状況を改善しようとしているのです」

「今日、アナスタシアさんのおかげで、ウクライナの人々が花をとても敬うことを知りました」

「ウクライナ人は、花が大好きです。特に田舎に住んでいる人たちは、そうですね。人々は自分たちの土地をとても愛しています。土地の隅々までを使って、花や野菜や果物を育てています。それは歴史的に培われたウクライナの文化そのものです」

戦争がもたらす破壊と恐怖、その漆黒のような暗闇のなかで、まるで一条の光のようにユリの花はわずかに揺れながら輝いています。アナスタシアさんは「希望の象徴」と言われました。それに加えて、わたくしは、鎮魂の祈りの静謐さを感じ取りました。オスタップさんと一緒に訪れた、リヴィウ旧市街にあるバロック様式の軍事教会には、白い紙で折られた鶴たちがたくさん吊り下げられていました。折り紙の鶴たちの翼は、つややかに白い光を帯びていました。アナスタシアさんのユリの花の白い輝きが、あの鶴たちと重なったとき、ふいに、いまから一〇〇年以上も前に、極東の島国で書かれたある小説の一節を思い浮かべたのでした。

ナディアさんの家の近くに咲いていたユリ（サーシャさん撮影，2022年7月15日）

《すると石の下から斜に自分の方へ向いて青い茎が伸びて来た。見る間に長くなって丁度自分の胸のあたりまで来て留まった。と思うと、すらりと揺ぐ茎の頂に、心持首を傾けていた細長い一輪の蕾が、ふっくらと瓣《はなびら》を開いた。真白な百合が鼻の先で骨に徹えるほど匂った。そこへ遥の上から、ぽたりと露が落ちたので、花は自分の重みでふらふらと動いた。自分は首を前へ出して冷たい露の滴る、白い花瓣《はなびら》に接吻した。自分が百合から顔を離す拍子に思わず、遠い空を見たら、暁の星がたった一つ瞬いていた。

「百年はもう来ていたんだな」とこの時始めて気が付いた。》

（夏目漱石『夢十夜』「第一夜」）

アナスタシアさんのユリは、まるで生者の世界と死者の世界の境目に咲いているようにも思えるのでした。生死を分ける夜の岸辺を越えて、柔らかい土から伸びた百合は、暁の星のもとで凛とした姿で咲くかのように。

破壊された家をすぐには再建できないけれども、人々が、家の周りに花を植えて花壇をつくることは、戦争がもたらす破壊に対する無言のプロテストのように思えました。また同時に、喪失や離別といった悲しみや苦しみを、花々はそっと受けとめてくれるのだと思います。植物の生命力による再生、ボタニカルな世界こそが未来への希望を紡いでくれるのではないでしょうか。

「アナスタシアさんは、『戦争語彙集』のポーランド語版のイラストを描かれています。あなたが描いたイラストの手法は切り絵ですか？」

「私のイラストの手法は、ヴィチナンキと言います。ウクライナの民俗芸術の一形態であるため、この手法を選択しましたが、私の知る限り、このタイプの芸術はウクライナだけでなく、世界の他の多くの国にも存在します」

「『戦争語彙集』の冒頭に「バス」という話があります。イラストのバスには、花が描かれて、これはまさにアナスタシアさんのスタイルですね。なぜバスに花を描いたのですか」

ポーランド語版「バス」のイラスト

《「逃げろ！　い・そ・げー!!!」。見上げると兵士たちが手を振りながらわたしたちに叫んでいました。すぐ横にある二棟の住宅が燃え、わたしたちの検問所までわずかな距離だけれど、砲弾がいつ飛んで来てもおかしくない状況は火を見るより明らか。でも、わたしは走ることができません。というのも、まったく自分の足で立っていることができず「もう歩けやしないよ！」と叫ぶおばあちゃんがくっついているからです。それでも、わたしたちは歩きました。自分たちなりに、這いつくばったり、しゃがみ込んだりしながら。どっちみち他の人たちには遅れを取って、置いていかれていましたけれど。

一台のミニバスが近寄ってこなければ、橋の袂《たもと》から離れることすらたぶんできなかったでしょう。ドアが開くと中には、車イスの女性をふくめ、わたしたちの前に運ばれてきた何人かの人が乗っていました。隙間がほとんどないから、おばあちゃんをよっこらしょと乗せてドアを閉め、一目散に検問所の方に走っていきました。

妹も、知らない数人の人も、一緒に走ってくれていました。検問所が見えたところで、軍服を着た二人の若い女性が手を振ってくれていました。五〇メートル、四五メートル、四〇メートル。三〇、二〇、一〇メートル。この道のり、わたしの人生で最長のクロスカントリーは、永遠に終わらないのではないかと思われましたが、やっと女性たちの前を通り抜け、林の中の道へと向きを変え、その勢いでさらに五〇メートルくらい走ります。

キーウにたどり着きました。わたしたちの家に。

キーウのふつうの路線バスがわたしたちを迎えに来てくれます。青と黄色に塗られた、救いのバスが。》(「バス」)

「ウクライナの伝統芸術から何かを借りて、このイラストを作りたかったのです。この花のイメージは、刺繍やヴィチナンキなど、一般的にウクライナの伝統芸術においてよく見かけますね」

「このイラストが、バスの話とどのように関係しているのか教えていただけますか?」

「この話を語ったのはキーウ出身の男性でした。彼がどのように避難したかの話です。この避難バスは、彼と、彼と一緒にいた他の人々の命の恩人になりました。人々はバスを見たとき、自分たちは救われ、すべてがうまくいくと希望を持ったのです。だからこそ、花柄のバスを希望と生命の象徴として描きました。当時は避難バスや電車が多くの人々にとって、唯一の希望だったのです」

「このバスを見ると、本当に希望を感じることができます。イラストからは、明るさが伝わってきて、人々を幸せの方向に運んでくれそうです」

「ありがとうございます」

「『戦争語彙集』の中で、とくに印象に残る話があれば、教えていただけますか」

「戦争が始まった最初の三日間だけ、イルピンにいました。ブチャからそんなに遠くないです。絶え間ない爆発のために、シャワーに行くのも本当に怖かったです。そして「シャワー」という話の中で、ブチャ出身の男性が、砲撃中にシャワーを浴びないようにと忠告しています。彼は皮肉を込めて、話しています。砲弾が撃ち込まれた場合、あなたは石鹸がお尻についたまま、裸で見つかるよと言います。かなりあけすけではありますが、自然で正直で誠実なアドバイスです。初めて読んだときに、とても長い間、笑っていました。この話をした人はオレクサンドルといいますが、私の夫の名前もオレクサンドルなのです。夫がまったく同じ話を、同じ言葉で語るように思えました」

「わたくしもその話が大好きです。悲しい状況ですが、笑いながら、若い男性の話し言葉ふうに翻訳してみました」

「この話は非常に皮肉的です。私たちは砲弾に当たって死ぬことを恐れているのではなく、

ポーランド語版「ココア」のイラスト

こんな格好で死んで、裸で発見されることを恐れているのですから。それから、「ココア」という話が、私にとっては、この本の中で最も悲しいものの一つです」

「人々がチョコやコーヒー、ココアなど自分を安心させるようなものを探し求める話ですね。そしてその状況の中で、手にすることができなかった人たちもいるという物語です。しかし、それにもかかわらず、アナスタシアさんのイラストは穏やかな印象を受けます。この物語の場合、どうしてこのようなイラストにされたのですか」

「戦争が始まったばかりのころ、リヴィウに避難した翌日に、避難者を受け入れるシェルターに手伝いに行きました。家族全員でしばらくそのシェルターでボランティアをすることにしました。リヴィウ駅は避難してきた人々でいっぱいでした。避難してきた人々を、シェルターへ案内するために駅まで迎えに行って、安心させてあげたいという気持ちになりました。このイラストを描くのは楽しかったのです。なぜかというと、私たちはついたばかりの避難者の方に温かい飲み物を配っていたからです。その方々にとって、温かい飲み物はとても大事な贈り物でした」

「ココアのカップの横に描かれている花は何の花ですか？　どうしてこの花にしましたか？」

「この花は、ツルニチニチソウを思い出させるように描きました。ツルニチニチソウの花はウクライナのシンボルの一つです。いろんな意味が含まれているそうですが、最も代表的なのは「永遠の愛」と「永遠の記憶」で、そのため昔は花嫁の髪飾りとしても使われました。亡くなった人を永遠に忘れないことを強調するために、お墓を飾るためにも使われたそうです。この話では、まるで天国のようなところが描写されています。あの世が存在しているかどうかはわからないですが、もし存在しているとしたら、最も美味しいココアが飲めるのは天国です。その雰囲気を伝えたかったのです」

「「猫」という話のイラストについても、少し説明していただけますか」

「このイラストは、私にとっては特別です。なぜかというと、私が避難することになった時、自分の猫を親戚に預けることになりました。餌や水はいっぱいあったし、面倒を見てくれる人もいました。しかしリヴィウに避難した時、大好きな猫ちゃんを連れてこなかったことを後悔しました。そのため毎晩泣いた時期もありました。亡くなっている人もいるし、危険なところにいる人もいるのに、猫のことを心配するなんて、恥ずかしい気持ちになったこともあります。でも自分のペットを危険な場所に放棄して、連れてこなかったことに悩んで、とても辛かったです。幸いに、猫は無事でした。ちゃんと面倒を見てもらっていました」

「玄関で迎えてくれた子ですね。旦那さんからお話を伺いましたが、イルピン市に住んでいるおばさんに猫を預かってもらえることになったそうですね」

「猫と会えなかったのは、一カ月間ぐらいでした」

「「沈黙」のイラストについては、いかがでしょうか。リヴィウ人形劇場には、実際に行かれたことがありますか」

「ええ、戦争が始まる前、子供たちがまだ小さかった頃に行ったことがあります」

「わたくしは、人形劇場の監督のウリャーナさんの話を聞きました。アナスタシアさんは「沈黙」を読んで、何を感じましたか」

「この話を読んだとき、人間が静けさに怯えることに衝撃を受けました。確かに、人形劇場は通常、たくさんの子供たちがいる場所です。子供たちがたくさんいる場所には、静けさなんてありえないですね。私自身が母親としても、自宅にいる子供たちが遊んでいる部屋から音が聞こえなくなると、不安になります。子供たちにとっては、静かに振る舞うことは自然ではありません。子供たちが自分から静かになるとすれば、何かが起こったときです。戦争の影響があまりにも強かったので、いつもの様子とは違う、不自然な行動につながったのだと思います」

「なぜ『戦争語彙集』のイラストを描こうとしたのでしょうか。アナスタシアさんはご自身でオスタップさんにメッセージを書かれましたね」

「そうです、私自身が彼にメールを書きました。オスタップさんと私には共通の友達がいて、彼女が『戦争語彙集』のストーリーを読ませてくれたのです。そのストーリーにすごく感動して、これはとても大事なことだと感じて、自分もなんとか関わりたいと考えました。イラストを作りたいと思ったのです。当時まだ本になるかどうか、どんなプロジェクトになるのか不明でしたが、自分としては関わらずにはいられませんでした。多くのストーリーを読んで、侵攻や攻撃を目撃したときの自分の気持ちを思い出しました。不思議に聞こえるかもしれませんが、これらのストーリーに親しみを感じて、一度も会ったことがないこの人たちみんなが、まるで親戚のように思えました。私自身もこれらのストーリーの一部になって、私たちはみんな一つにつながっているような気がして、団結しないといけないと思いました」

「そのほかに、とくに印象に残っている話がありますか？」

「「きれいなもの」という話があります。戦争の目標は全ての美しいもの、綺麗なことを壊すことだというアイデアに、強く感動しました。女性の話ですが、その女性は無事にロシア兵士たちの眼から逃れるために、カッコ悪い服しか着なかったのですね。すごく強い印象が残っています。戦争は美しいもの全てを破壊するためにやってくる、と言っているのです」

《少し前に第二次世界大戦について書かれた話を読みました。女の子がナチスに目を付けられレイプされないようにと、母親の最もみすぼらしい服を着てやり過ごしたという話でした。わたしは、箪笥の前でおろおろしています。もう「最もみすぼらしい」服を着る時が来ているのだろうか、それともまだ逃げ切ることができるのだろうか？　すべてが目まぐるしく変化している。タクシーは使えない。電話を掛けても話し中だし、つながったかと思えば断られる。仕方がないからキーウまで歩くことにしました。

戦争では、きれいなものが危険になります。きれいなもの、人、関係は、今や、心を

ポーランド語版「きれいなもの」のイラスト

動かすためではなく、根こそぎ潰されるためにあります。憧れと愛撫のためではなく、苦しみのためにあるのです。
道路に沿って歩くものの、泥濘《ぬかる》みにブーツがはまります。携帯からはショートメッセージの着信音が聞こえてきます。「当サロンのネイルアートをご利用くださり、誠にありがとうございます。お客様アンケートへのご協力をお願いいたします」。》(「きれいなもの」)

「美の意味、きれいなものの意味が変わるので、この話は本当に読むのが辛いですよね」
「この話には、花を踏み潰している兵士の靴を描きました。彼らは美について熟考せず、美を享受せず、ただ美を破壊しているだけなのです。それから、私は「愛」という話が大好きです。ポーランド出身の女の人が語った、リュボウ(ウクライナ語で愛)という名前を持つウクライナ人の女性についてのストーリーです」

《学校に勤めています。結婚はしているけれど、心の中では大きな空しさを覚えていました。ロシアがあなたがたへの攻撃を始めたときに数日間の休暇を取り、国境まで出かけていったんです。避難してくる人々のために紅茶を淹れたり、ココアとか、スープも作りました。一日目に、リュボウという名前の女性に会いました。それにしても、あなたがたの国の言葉にはそんな名前があるなんて、素敵ね。だってポーランド語にミウォシチという名前は存在しませんもの。それで、リュボウが到着した際、路線タクシーから降りるなり泣きだしたの。わたしは彼女のそばに駆け寄って、ただただしっかりと抱きしめてあげました。わたしたちは二人でそのまま一〇分くらい立ちつくしていました。無言の涙を流しながら。そのあとで、食べものを詰めた小包を作って渡すと、彼女は先へと旅立っていきました。》(「愛」)

「この物語には、人々がどのようにお互いを支え合っていたのかが語られています。私もポーランドにいるときは、まわりの人々からの支援を強く感じていました。ポーランドの人たちはウクライナ人に対してすごく優しいという印象を持ちました」

「愛という名前をもつウクライナ人の女性と、ポーランド人のボランティアの女性が、お互いに泣きながら、抱きしめ合う。とても象徴的な話ですね」

ポーランド語版『戦争語彙集』のイラストがそうであるように、キッチンの壁に描かれたバジルやローズマリー、水彩で描かれたユリ、アナスタシアさんの絵筆から生み出される世界は、ボタニカルなものに満ちあふれています。それらは戦争がもたらす破壊と恐怖に対するプロテストが込められていて、静かにも力強く生命の尊厳を訴えているかのようです。

対話を終えたところで、アナスタシアさんの部屋に、心地よい静けさが戻りました。生まれたばかりの赤ん坊の声、子供たちの声が、小さく聞こえてきました。ここは命が育まれている場所であり、この部屋もまたシェルターなのだと実感しました。キッチンの壁に描かれた植物は、大きく伸びやかに葉をひろげて、これからさらに生い茂るかのような勢いです。その繁茂していく様子を空想しているうちに、日は少しずつ西へと傾き、暮れなずむ、と同時にわたくしには今から一〇〇〇年以上も昔に書かれた、ある一つの文章が思い起こされました。

《やまと歌《うた》は、人の心を種《たね》として、万《よろづ》の言《こと》の葉《は》とぞ成《な》れりける。世中《よのなか》に在《あ》る人、事《こと》、業《わざ》、繁《しげ》きものなれば、心に思ふ事を、見るもの、聞くものに付けて、言《い》ひ出《いだ》せるなり。》

（『古今和歌集』「仮名序」）

言葉とは、まさに「言の葉」。草木が茂るようにして、「言の葉」は増え続けてきました。茂り様《よう》にはあらかじめ定めはなく、生きる上で繰り返す日々に思いがけない変化の訪れがあるのと同じように、個人の力では統制できない社会の遷り変わりや権力とその機構による唐突な行動に、個人は巻き込まれ、絡み合い、切れ目なく身動きをも奪われます。空き地を覆う葛の葉のように密集するのも、言葉です。「仮名序」には、植物の生命力と同時に、聞こえるか聞こえないくらい密やかな声に無数の契機を与えるものとして、草花が随所に散りばめられています。

《難波津《なにはづ》に咲《さ》くやこの花冬籠《ふゆごも》り今は春《はる》べと咲くやこの花》
《この殿《との》はむべも富《と》みけり三枝《さきくさ》の三つ葉四つ葉に殿造《とのづく》りせり》
《野辺に生《お》ふる葛《かづら》の、這《は》ひ広《ひろ》ごり、林に繁《しげ》き木《こ》の葉《は》のごとくに、多かれど》
《青柳《あをやぎ》の糸、絶《た》えず、松の葉の、散《ち》り失《う》せずして、真栄《まさき》の葛《かづら》、永《なが》く伝《つた》はり》

破壊された家はすぐに再建できないけれど、花壇を作ることは可能だ、というアナスタシアさんの洞察は鋭い。植物が伸びやかに大きく育って行くように、彼女も、これから育まれる命に思いを寄せて、子どもたちのすこやかな成長を願って、パセリ、ディル、バジル、そしてローズマリーを壁に描いたのです。古の人もそうであったかもしれませんが、ボタニカルな世界に触れると、私たちは遠い記憶をたぐり寄せ、どこかで懐かしさを感じます。

リヴィウ大学で、わたくしの講義を聴いてくれた女性は、バフムートの近くから避難してきたある家族のことを話してくれました。彼らは、緑の草があることに、鳥が飛んでいることに驚き、自分たちの街では花が咲かない、咲かないと鳥も寄ってこないと嘆いていたそうです。ある日、突然に、草花がなくなり、もう花が咲かないような状況に陥ってしまうことを、私たちは想像できるでしょうか。戦争とは、私たちが慣れ親しんでいるボタニカルな世界の対極にあるものです。

いまわたくしが居る、このアナスタシアさんの部屋は、子どもたちにとっての掛け替えのないシェルターです。世界全体が、この部屋のようにボタニカルなもの、その気配に満ちてくるのは、子どもの命をも奪う戦争という暴挙がなくなった時ではないでしょうか、そんなことも考えました。この子たちが大きくなる頃には、いまよりも世界が命を育む茂りに満ちているかどうかが、心配です。

わたくしの旅も、終わりが近づきました。日本に戻って、また『戦争語彙集』の翻訳の続きの作業に取り掛からなければなりません。わたくしが、リヴィウやキーウに来て感じたことは、言葉がもう一つのシェルターである、ということです。オスタップさんはこの頃、あるブックプレゼンの場で、『戦争語彙集』について「本とは思えないような本なのです。終わらない会話を紙に書いて、きっとこれからもこの会話が続くのでしょう。私たちが経験したこと、経験していることをすべて覚えている限り、この会話は続くでしょう」と述べていました。戦争という巨大な経験について、とても語り尽くせる日が来るとは思えません。それでも、人々は自分の言葉で、これからも自分の経験を語り続けて行くはずです。語れるということは、命があるからです。そして、耳を傾けてくれる他者が存在しているから、語れるのです。日本においても、近代の公教育が普及する前の時代には、たとえば詩や絵画といった芸術はつねに人の声と共にあったはずです。学ぶ場所も、作る場所も、そして人々に向けて共有する環境も、分節されることなく近接した声の響き合う範囲の中で保たれており、創造と享受とはそのような共同性のもとでなされていた営為でした。人と人とを結ぶ「きずな」というものが失われない限り、人々は語り続けて行くことでしょう。

東日本大震災の後の宮城県では、読書会を通して、人々の間にまさに「きずな」の実質が生まれて行くことを目の当たりにしました。リヴィウでは、駅のプラットフォームで、仮設住宅で、お互いの経験を語り合うことから「きずな」が生まれていたことを、今回の旅で出会ったみなさんから、教えてもらいました。いずれの場合も、「きずな」を支える土台となったものは、言葉でした。言葉は、人間の意思疎通を可能にするだけではなく、それ以上の何かを含む、多面的でそれ自体困難の度合いを弱めてくれるものに満ちているようです。言語の壁はありますが、言葉を媒介にすることで、私たちの「きずな」には未来への広がりがもたらされます。この世界の隅々にまで、どこまでも伸びてゆく枝のような「きずな」、そこに「言の葉」を活き活きと繁らせ続けることはできないのでしょうか。暗くなりかけた窓から森を流れる一筋の川を目で追いながら、そのようなことを考えていました。

環《たまき》のまわるが如く

　思い起せば、まるで予言するかのようにオスタップさんはわたくしにこう言いました。今よりも六月あたりの方がずっと静かで、戦況は誰にも分からないけれど、落ち着いてあなたを迎えることができるでしょう、と。受け入れてもいいと言った「今」とは、三月一五日の早朝。リモート会議で話し合っていた途中での一言でした。

　交戦状態とはいえリヴィウはウクライナの西端にあり、前線からは遠く離れています。とはいっても、砲撃の影響で停電は続き、暖もろくに取れないような「今」の時期よりは、初夏の方が過ごしやすい、もろもろ安心だから国境を越えても大丈夫でしょう、という判断だったと思います。長い冬の終わりにそう告げられると、わたくしはすぐに動かなければなりませんでした。入国するためにビザは必要か。シェルターを備えた宿をどこでどう探し予約すればよいのか。そもそも領空が閉鎖され飛行機が飛ばない国へはどうやって渡航するのか、皆目分かりません。神経は、どんどん細かい方に動いていきます。オスタップさんとリモート会議で語り出した二月の上旬から、彼が住む郊外の集合住宅では電気が停まり、インターネット回線がぷっつりと切れることが幾度もありました。通信はどうだ。出先ではライフラインになるモバイルルーターは買えるのか。万が一、病気になったら治療が受けられる病院はあるのでしょうか。

三月一五日であれば、ロシア軍がエネルギーインフラを戦略的に叩きつぶし、ウクライナの人々を心理的な恐怖に陥れようとした長い冬が終わりを告げる時期です。日本時間では午前六時、ほぼ夜明けと同時刻のことでした。白みだした空から柔らかい光が家の窓ガラスに射し込み始めていました。この日は同居するパートナーの誕生日でもありました。

午前のうちには、六月に変更できない仕事が入っていないことを確かめ、次はパートナーの考えを聞くことにしました。分かった、けれど直前の状況次第で行けない可能性もあるから柔軟に予定を立てようね、となり、午後にニューヨーク州で入院中の父親に電話をかけてみました。父からは強い反対はないけれど、春から動きだすという反転攻勢も間近なので、益々おっかない国になるから延期はできないものか、と心配そうに言ってくれました。父も徐々に話が飲み込めたらしく、小さい声で「なるほど《アイシー》」と返してくれたのでした。

しばらくして、ウクライナに行けることが分かりました。目的は観光でもなければ出張でもない、厳密にいえば仕事とも言えないかもしれないけれど、その日を境にきわめて強い意欲が湧き上がってきたことを記憶しています。詩人が暮らしている街を訪ね、一緒に歩き、忽然と現れたという避難者たちの動線をなぞり、全面戦争が始まる前後数カ月間にわたって彼が出会った人々とも会い、ケアしながら一日一〇〇人におよぶ人の話に耳を傾けた駅のホームにはぜひ立ちたい、と思っていました。リヴィウにたどり着き、今もシェルターで仮住まいを強いられている人々は万を数えるといいます。ケアの行為が積み重ねられることで形成されたコミュニティに触れることができれば、彼らによって語られた「語彙」の奥に横たわる背景を少しは知ることもできるだろう、と。

実際に行ってみると、オスタップさんが言った通り、六月上旬のリヴィウは晴れわたることはあまりないですが、温かい風が吹き、過ごしやすい。空襲警報は時を選ばず夜中じゅう鳴ってはいます。幸いミサイルの着弾はなく、リヴィウで過ごした一〇日間は日本からやってきた者にとってはありがたくも表面上、まるで平和の国にいるかのような無事、平穏な時間と空間でした。とはいえ、帰路についた直後、ユネスコの世界遺産に登録された美しい街並みをロシア軍のミサイルとドローン数発が狙い、命中して、たまたまその場に居合わせた数名の市民が亡くなってしまったことを知りました。

手記をまとめている間にもウクライナ人が日常的に使う「テレグラム」というチャットアプリから危険を伝える通知が頻繁に届いています。九月一九日。開いてみると、本日未明の四時四九分(ウクライナ時間)に政府が空襲警報を発出。五時一七分に空軍の運営する別アカウントでは「(イラン製)シャヘド・ドローン飛来を確認。対空防衛システムが発動しています!」というメッセージが流れ、直後にリヴィウ市長のアカウントからも、市内にある工場で爆発が確認、火災が起き、倉庫から負傷した二六歳の男性を救出、病院に搬送されたという短いメッセージが届きます。わたくしが短期間の滞在中に覚えた漠とした不安と緊張は、そこに住むすべての人々の肩と心につねに硬く冷たい現実としてのしかかっていることを改めて思い知りました。

実は、戦時下のウクライナに出発する一週間前、急遽ニューヨークと東京を一往復しました。入院していた父は五月下旬、体調を急変させ転院の末、九〇歳の誕生日を目前に病室で亡くなったのです。その日は、治療に堪えづらい状況になったから積極的な投薬は止め、痛みと不安をやわらげる緩和治療に切り替えようかと、主治医と電話で相談していました。方針転換を決めると、主治医は自分のパソコンを父がいる病室に持ち込み、ズームで繋げてくれました。二〇分ほどモニターの光を通して対面ができました。意識が混濁し目も開けられないようだが、私たちが語りかける言葉には微かな指の動きで、聞いているよ、といった反応を見せている気がしました。そのたった数日前、出発の準備で忙しい日の朝に様子を聞こうと携帯を鳴らしてみました。電話に出た父は痛みはあるものの存外元気そうで、向こうの方から初めて旅程について尋ね出し、次に、お前(英語だからyou)が決めたことだから取りこぼしがないようしっかり仕事をして来い、と言って電話を切ったのでした。いつもより小さく嗄《しやが》れた声ではあったけれど、父から聞いた最後の言葉は暮れかかったリヴィウの光景とも重なって、すでに懐かしい。


いま筆を擱《お》くにあたり、耳朶に残る父の声に導かれるようにして、この本の刊行のためにお力添えをいただいた方々の声がポリフォニーのようによみがえり、響いています。

手記に登場する方々は、一面識もない日本の研究者に胸襟を開き、躊躇なくきわめて深刻な個人的体験を長い時間をかけて語ってくださいました。

翻訳にあたっては、いち早く英訳を施されたタラス・マルコーヴィチさん、その英訳を原文と突き合わせ、そしてわたくしの訳稿に緻密かつ的確な注意と修正を促してくださった原田義也さん。原田さんを紹介してくださった沼野恭子さん。手記を執筆する上で貴重な教示をくださった高橋則子さん、田中ゆかりさん、堀川惠子さん。

ウクライナ渡航に際しては、アレキサンダー・ドミトレンコさんが紹介してくださったリュボフ・カルジリオさん。リヴィウ国立大学の先生方を紹介してくださったジャブコ・ユリヤさん。旅程について温かいサポートをしてくださった、日本航空株式会社の遠藤薫さん、下口拓也さん、福田豊さん、米山由起子さん。現地に同行して、帰国後も資料の便宜を図ってくださったＮＨＫ仙台放送局の池本端さん、小嶋陽輔さん、堀口伶さん。

通訳を務められたアンナ・オメルチェンコさん。リヴィウ国立大学の学生に力強い言葉を向けられた木村紅美さん、平野啓一郎さん、村田沙耶香さん、柳美里さん。推薦の言葉をお寄せくださった桐野夏生さん。遠い国の証言集に目を向け、一冊の本にまとめることに並々ならぬ努力を注がれた岩波書店の吉田裕さんと渡部朝香さん。

みなさんに、心からの敬意と感謝を申し述べます。

二〇二三年一一月吉日

ロバート キャンベル

「戦争語彙集」原書謝辞

（オスタップ・スリヴィンスキー）

この語彙集を共に書き上げた方々は次の通りです．
一人ひとりに，心から感謝します．

コスチャンティン・ワシュコウ（Костянтин Васюков），
ユリア・ヴロートナ（Юлія Вротна），
オクサナ・ダヴィドワ（Оксана Давидова），
ラリーサ・デニセンコ（Лариса Денисенко），
ヤニナ・ディヤク（Яніна Дияк），
カテリーナ・エホルシキナ（Катерина Єгорушкіна），
アンドリー・ジョーロブ（Андрій Жолоб），
エヴヘン・クリマキン（Євген Клімакін），
オクサナ・クリーロ（Оксана Курило），
アリーナ・レペチュフ（Арина Лепетюх），
スヴィトラーナ・メーリニク（Світлана Мельник），
オレクサンドル・モーツァル（Олександр Моцар），
レーシク・パナシューク（Лесик Панасюк），
オレーナ・プリルツカ（Олена Прилуцька），
アンナ・プロツーク（Анна Процук），
ボフダナ・ロマンツォワ（Богдана Романцова），
ユリア・ロマニューク（Юлія Романюк），
ヴィオレッタ・テルリーハ（Віолетта Терлига），
ドミトロ・トカチューク（Дмитро Ткачук），
スタニスラウ・トゥーリナ（Станіслав Туріна），
ヴィクトリア・チェルニャヒウスカ（Вікторія Черняхівська）．

オスタップ・スリヴィンスキー(Остап Сливинський)
詩人，翻訳家，文芸評論家，エッセイスト．ウクライナのリヴィウ出身，在住．ウクライナ・カトリック大学文芸学科准教授．中東欧文学・比較文学を教える．ペン・ウクライナ副代表．多数の受賞歴を持つ，ウクライナを代表する詩人．英語，ポーランド語，ロシア語作品のウクライナ語への翻訳も多く手掛け，さまざまな国際プロジェクトにも従事している．

ロバート キャンベル(Robert Campbell)
近世・近代文学を専門とする日本文学研究者．文学博士．早稲田大学特命教授，早稲田大学国際文学館(村上春樹ライブラリー)顧問，国文学研究資料館前館長，東京大学名誉教授．『新 日本古典文学大系 明治編 3 漢文小説集』(共編著，岩波書店)，『よむうつわ』上下(淡交社)，『井上陽水英訳詞集』(講談社)，『日本古典と感染症』(編著，角川ソフィア文庫)など編著書多数．

戦争語彙集　　オスタップ・スリヴィンスキー 作

2023年12月22日　第1刷発行
2024年 1月25日　第2刷発行

訳著者　ロバート キャンベル

発行者　坂本政謙

発行所　株式会社 岩波書店
〒101-8002 東京都千代田区一ツ橋 2-5-5
電話案内 03-5210-4000
https://www.iwanami.co.jp/

印刷・精興社　製本・牧製本

ISBN 978-4-00-061616-4　　Printed in Japan